# 危険な二人

見城 徹　松浦勝人



幻冬舎文庫

# まえがき

松浦勝人

　この本は『ヌメロ』で連載していた僕と見城さんの対談が元になっている。『ヌメロ』の連載は見城さんとの対談スタイルになる以前、僕が毎回違うゲストを迎えるかたちでやっていた。

　見城さんとの対談になって、何が一番変わったかというと、それまでには一切なかった美味しそうな食事やドリンクがびっしりと用意されるようになったことだ。こんなにも対応が変わるのかと驚いた（笑）。

　そんな見城さん仕様になった豪華な食事を頬張りながら二人で話すのだけど、見城さんは編集者だからなのか、昔の映画のセリフから本の一節、偉人たちの言葉まで、一言一句を正確に記憶していて、そのフレーズが次々に飛び出すし、言葉の選び方もすごい。

僕が酒でも飲んでないとあまりしゃべらない人間だということもあるが、これだけ言葉を正確に使う見城さんの前では、自分から話す気にはあまりなれず、対談の時間の大半が実は見城さんの一人舞台だ。

僕もヌメロのスタッフも見城さんの言葉の前でいつも圧倒されている。

見城さんとは会食することもあるけれど、会食というのはどんなに定期的に開こうと思っても、誰かの予定が合わず流れてしまうことも多い。

でも雑誌の対談は流れることがないので、多くの人が見城さんと会う時間を取りたがっている中で、必ず月に1回、一緒に過ごせる時間があるのはうれしい。

誰でもそうだと思うが、僕は一緒にいても楽しくない人とは一緒にいたくないし、そういう人が結構いる。でも見城さんは一緒にいて楽しいし、まったく苦にならない。

なぜ見城さんのことを好きなのか。その理由は一つではないが、見城さんは自分に利がなくても、とにかく一生懸命にやってくれる人だからだ。

見城さんにとって一体何の役に立つのかということでも、自分が信じた人が困っていれば、命がけで力を尽くす。僕も何度も助けられた。

新しく出版社を作って成功させるなんて、後にも先にも誰も成功させていないことを成し遂げたのは、そんな見城さんの尋常じゃない情熱があったからだし、僕は心底すごいと思っていた。

幻冬舎が謎のファンドと闘い、ＭＢＯで上場を廃止したとき、「もう一回上場すればいいじゃないですか」と僕が言ったら、「さすがに俺はもうそんな元気はないよ」と言っていたのが印象的で、弱気な見城さんを見たのはそれが最初で最後だ。

僕しか知らない見城さんがいて、見城さんしか知らない僕もいる。

この20年間、本一冊分にしても語りつくせないほどの二人の歴史がある。


この対談を幻冬舎から書籍化するという話を聞いたとき、見城さんは常々「対談本は売れない」と言っていたのになんで出すのだろうと思った。

そもそも、この対談は、事実確認のために仕事の合間に慌しくチェックしていたくらいで、しっかりと読むことはできていなかった。

しかし書籍にするにあたって、ゲラを読む期間は、偶然にもエイベックスの社員旅行でハワイに滞在しているときだった。

ハワイでゆっくりと今までの対談を読んでみると、とても面白かった。

見城さんが書籍にしようと言った意味がわかった気がした。

僕は自分のことを自分で語るのはカッコ悪いと思うし、好きじゃないから、本を出したりするのには興味がない。

でもこの対談は、僕の表も裏も理解している見城さんが僕の言葉にしない思いまでも汲み、的確な表現で言い表してくれている。

見城さん自身も他では出さないプライベートなことまでさらけ出している。

僕と見城さんの共通点としては、仕事も遊びも無茶苦茶をやり続けたということだと思う。周りからは革命児だの破天荒だのと言われることもある。社長という立場でありながら、いつまでも安定しない。

でも、ただのいい人なんて、いい人じゃない。どうでもいい人だ。

ギリギリを攻めたり、周りが批判するようなことをしないと結果なんて出ない。

この本を読めば、そんなことが少しわかると思う。

エイベックスは今年、大きく変わる。大規模な構造改革をし、会社のロゴも変え、青山に新社屋を建てる。

まったく新しいエイベックスがスタートする年だと考えている。

この本の発売日を聞いたらエイベックスの創業日の4月11日だった。

もしかしたら見城さんのことだから、僕には何も言わず気を利かせてくれたのかもしれない。

# 危険な二人　目次

# 危険な二人

# 恋をしていない男女は仕事ができない？

the Matsu-Ken talkshow
No.1

松浦　初回は「女性観」について語ってほしいってことなんですが……。

見城　俺は女性に「見城くん、素敵」って言われるために仕事してますよ（笑）。仕事をしてなくても、お金がなくても素敵と言ってもらえるなら、仕事なんかしないね。

松浦　すべては女性のためなんだ。

見城　松浦は女性のために何かをするってことはないの？

松浦　いろいろなことをしましたよ、昔は。

見城　そうでしょ。今は？

松浦　今以上の女性を……と追い求めていった揚げ句、気がついたら結婚していたし、口説きたい対象というのも年齢とともにいなくなっちゃった。

見城　具体的に口説きたいってことじゃなくて、いいなぁと思える女性がいるかどうかが大事なわけ。

松浦　あらためて聞きますけど、どんな女性がタイプなんでしたっけ？

見城　毛深い女性が好きなの。顔が小さくて、髪が太くて多くて、気が強いのがいいんだよ。つまり、野性的ではっきりしている女性がいい。

松浦　なるほど（笑）。でも、体毛に関していうと、脱毛ですごく減ってませんか？

見城　そうなんだよ！　だから女優とかに会うと「うなじだけは絶対に脱毛するな」と言ってる。

松浦　うなじも脱毛するんですか？

見城　するやつがいるの。背中もね。バカだねぇ（苦笑）。だから話を戻すと、俺のすべてのエネルギーの源泉は女性だってことです。そして、それはすごく正常だと思ってる。

松浦　確かに正常です。

## センスも集中力も、全部女性のほうが優秀だ

見城　20代の頃の話だけど、ある晩、なんとなく恋愛関係に入っていたんだけどいろいろと事情があって「あなたのことは好きだけど、どうしても付き合えない」と言われて別れた女がいてさ。でも、翌日の夜9時すぎくらいに大阪へ仕事で行っていた彼女から「やっぱりあなたのことが好きだから、今から来て」と泣きながら

連絡があったんだよ。俺は別れたショックで仕事を休んでベッドで寝てたんだけど、20万円くらいかけて行きましたよ、タクシーで。

**松浦** 何時間かかるんですか？

**見城** 5時間くらいだったかな。その日初めて俺たちは結ばれて、それから10年以上付き合ったけどね。

**松浦** どうして結婚しなかったんですか？

**見城** 俺が結婚したいときに向こうがあまりに忙しくて、向こうが結婚したいときは俺が仕事が順調で……。最近になって何年かぶりにその女性と会ったら「私はあなたに女盛りをすべて捧げたけど、結局、あなたは私に何もしてくれなかった」と言われたよ（苦笑）。彼女ももう63歳。

**松浦** それはそれは（苦笑）。

**見城** でも、仕事が忙しいときも女性がじゃまだとか、女性に足を引っ張られているって感覚はなかったね。だって、うちの会社の編集部にしても、女性のほうが本当に優秀。きっと女性の数が男性より多い会社は業績がいいんじゃない？　優秀な女性社員なら、出産してても戻ってきてほしいし。

松浦　うちの場合は役員も女性がぜんぜん少ないんですが、何が男性と違いますか？

見城　センスも読書量もきめの細かさも他者に対する想像力も集中力も、全部女性のほうが上です。

松浦　女性社員から悩みを打ち明けられることとかってあります？

見城　ありますよ。「こういうことがうまくいかない」とか「あの作家とこうなっちゃった」とか「編集部で実はこんなことがあった」とか……。ちゃんと一緒に考えます。

松浦　僕の場合、古くからいる女性の社員とかとご飯を食べることはあっても仕事の話はしないし、下からの仕事の相談もどこで止まってるのかわからないけど、まったくないですね。

見城　でも、エイベックスくらい大きくなっちゃうと、そうなるよ。幻冬舎なんて200人もいないんだから。

松浦　みんなと公平に接しないと、誰かをかわいがっていると思われて、その人がいじめられると思うんですよ。

見城　だろうな。

## 日々の生き方の集積が人を魅力的にする

**松浦** それにしても見城さんと僕はいちいち真逆ですね（笑）。

**見城** でも、たった一つ共通してるのは、義理と人情と恩返しだけは絶対に外さないことだよ。松浦にはものすごく恩義を感じているし、松浦のためだったら大概のことは命がけでやりますよ。それだけがお互い共通してあれば、あとはいいじゃない。のべつ幕なしにしゃべってるのも、今日もそうだけど、いつも俺ばっかりだし（笑）。

**松浦** いや、しゃべりますよ。酔っていたりすれば、止まらないもん。

**見城** シャイなんだよ。あと、松浦って持ち上げるとか営業対応とかしないじゃない。「とりあえずここは気分よくやっておこう」っていうのができない、すごく正直な人なんです。でも、正直でここまで来るって大変だよ。僕はせいぜい「そうですか」とか言いながらうまくやりますよ。一線を越えると「この野郎」ってなって、ものすごくキレますけど（笑）。

松浦　どういう人が許せませんか？

見城　男女問わず、相手に対する想像力がないとか、約束を破る人はダメですね。俺が嫌いなのはアバウト、表面的、粗雑、うわべ、小手先、帳尻合わせ、その場しのぎ……みたいなことなんだけど、それさえ憎んでいれば、仕事も人生も大抵うまくいきますよ。正面突破できない人とは付き合えない。

松浦　でも、ほとんどのサラリーマンは「嫌いな人の前でも何時間もニコニコしてご飯を食べていればなんとかなる」と思ってませんか？　しかも、そうやって生きてる人の老け方って半端ないですよね。

見城　そういう意味で松浦は同級生の中でいちばん若いでしょ？

松浦　それはそうかもしれないです。

見城　よく「どうしたらモテるようになりますか？」って聞かれるけど、若さと同じで、ハウツーなんてないんだよ。日々の生き方の集積がその人を魅力的にするか否かを決めるんだから。

松浦　時間がかかりますよね。今の見城さんだって何十年もやってきて今があるわけですから。

見城　ちなみに、俺はよく「キラーカードを持たなきゃだめだ」って言ってます。松浦ならいろんなアーティストを育てたとか、俺ならメディアとの人脈とかがキラーカードの一つだったりするわけだけど、利害損得じゃなくて「この人とちゃんと付き合えば、自分が何かのときに必ずこの人のキラーカードが自分に作用してくれる」と思うから付き合えるわけ。俺が松浦と付き合うのも、お互いキラーカードを持っているからで、それは家族とか子どもとか恋人とか愛する人への〝無償の愛〟とは違うんです。友情だけでなく、会社での場所も仕事相手との関係もキラーカードがないと成り立たないし、キラーカードの切り合いでつくられていくものだと思う。

松浦　しかも「キラーカードも一日にしてならず」っていう。

見城　そうなんだよ。松浦なら貸しレコード屋から始まって、ダンスミュージックに魅せられて……ってところからつくられてきたわけだし、俺は少年時代に本ばっかり読んでいたところからきている。

松浦　僕の場合は音楽という好きなことだけをしていればいい環境で、好きなことがお金も儲《もう》かることだったからできた気がしますね。

見城　好きなことを仕事にできる人っていうのは実はそんなに多くないんだけど、それを仕事にできるかどうかは、その人の意志の力なんです。だから、俺はよく「女性のパンストに興奮するなら、パンストの会社に行けよ」って言ってます（笑）。人にはいろいろなフェティシズムがあるから、それに素直に生きたほうがいい。だって生きやすいほうがいいじゃん。松浦もあるでしょ。何に興奮する？

松浦　強いていえば、脚がきれいな人じゃないですか……。制服とかも嫌いじゃないですね（笑）。学生のときに硬派ぶってあまり女子と遊ばなかった裏返しなんじゃないかと勝手に言い訳してますけど。

見城　俺は靴屋になりたいと思ったことがあるんだけど、要するにパンプスを履いた女性の脚が好きなんだよ。タイトスカートに理想的な膝があって、きゅっと締まった細い足首で高いヒールのパンプスを履きこなしてる女はしびれるね。

松浦　膝が小さくないと脚も足首も細くならないですよね。膝よりもふくらはぎが太いっていうのがいい。

見城　そうそう。あと膝下が長いことも重要で、短いとヒールを履いてもかっこ悪いんだよ。

**松浦** きっと見城さんの理想は西洋人のような脚なんだと思いますけど、一度きれいな脚の日本人の女性に聞いたら「母親が絶対に正座をさせてくれなかった」と言ってましたね。

**見城** でも、別に西洋人みたく身長が高い女性が好きなわけじゃないよ。脚だって太くても締まっていればいい。

**松浦** 僕は大柄な女性はだめですね。

**見城** 「もう恋愛は面倒くさい」とか言ってるけど、聞けばタイプだってどんどん出てくるわけだから、まだまだそっちも現役でお願いしますよ（笑）。

見

アバウト、表面的、
粗雑、うわべ、小手先、
帳尻合わせ、その場しのぎ……
それさえ憎んでいれば大丈夫。

松

でも、それを憎んでないサラリーマンが
ほとんどだし、
そういう人の老け方って
半端ないですよね。

# モードな女は男ウケが悪いってほんと?

the Matsu-Ken talkshow
No.2

見城　松浦はいつも完璧にスタイリングができてるよね。毎日おしゃれをしてないと、もう気が済まないんじゃない？

松浦　そんなこともなくて、今日の服もスタイリストが用意したものをそのまま着てますし、誰にも会う予定がない日は会社にもジャージで行ってますよ。

見城　そのジャージがまた、おしゃれなんだと思うんだよ。

松浦　そう言われると、確かにＬＤＨ（※ＥＸＩＬＥなどの所属事務所）のジャージだから、普通のジャージってことではないかもしれないです。

見城　ジャージといえば俺は思い出があって、25年くらい前に坂本龍一と飲んでいて、夜中に近くに住んでいたある作詞家を呼び出したのよ。そうしたら、そいつがジャージで来たんだけど、後になって坂本が「ジャージで来るやつとは二度と付き合わない！」って珍しく怒ったんだよ（笑）。

松浦　それって「ちゃんとした格好で来いよ」ってことですかね？　だとしたら、僕は怒られるような場所にはジャージで行きません（笑）。それに、スーツで出社したりすると、逆に社員から「今日は何かあるんですか？」と言われますね。

## おしゃれとは究極の痩せ我慢である

見城　俺は毎日スーツだよ。

松浦　見城さんはイメージがもう〝スーツの人〟だからいいんですよ。ちなみに、プライベートではどんなファッションをされてるんですか？

見城　大学時代に「ビッグジョン」とか「エドウイン」のパンタロンジーンズとかはいていたせいもあって、休日はいまだにジーパンなんだけど、ストレートだのブーツカットだのフレアだの「トゥルーレリジョン」のものは50本くらい持ってる。実際に着るのは4、5本なんだけど、ハワイに行くとどうしても買っちゃうんだよ。「また買っちゃった」ってすごく後悔するんだけど。

松浦　僕は特定のアイテムを収集するとかはないですけど、大学時代がちょうどDCブランドブームで、やれ「コム・デ・ギャルソン」だ、「メルローズ」だ、丸井だ……って時代だったんで、サイズが合うって理由でずっと「ワイズ」を着てました。その後、なぜかボーダーを着るようになって、海外に行くたびにボーダーものを買ってきたりしてましたね（笑）。それ以降はブランドとかをあまり気にせず気楽に着られるものを好むようになり、スーツの下も面倒くさいからいつもTシャツみたいな時期があって、揚げ句、友人がグッチに入って、「グッチ」の服ばかり買い出して……。

見城　まぁ、でも、おしゃれっていうのは究極の痩せ我慢だよね。

松浦　マジできついですよ、おしゃれって。

見城　だけど、俺は靴だけはまったく負荷がない「ボストニアン」ってブランドのものしか履かないんだよ。日本には売ってなくて海外の「クラークス」のショップでしか買えないんだけど、要するに足元だけは痩せ我慢ができない。これまで30足くらいは買いました。今でも10足は新品です。

松浦　同じ色の同じ形を？

見城　もちろん。だって、そのモデルがなくなってしまうことを常に恐れているので。本当は100足ほど買い占めたいくらい。

松浦　ちなみに、女性はどんなファッションの人がいいですか？

見城　ジーパンとTシャツの上に高そうな毛皮を着るような、要するにミスマッチの似合う女が好き。あと、いつも体にフィットした「エミリオ・プッチ」みたいな薄手のワンピースを着ていて、冬になってもその上に毛皮を羽織るだけとか、夏でもワンピースにブーツを履いちゃうみたいなファッションもしびれるね。ブーツが似合うかどうかっていうのは、体のバランスとおしゃれのセンスに意外に左右されるから、難しいんだよね。

**松浦** そうかもしれないですね。

**見城** 松浦はどんなのがいいの？

**松浦** うーん……でも、さっき話した「グッチ」ばかりを着てた時代の後、「リステア」で買い物をするようになって、聞いたことがないブランドばっかり買うようになったんです。それで勉強しなきゃいけないと思って、海外のモード誌を片っ端から買って、「ブランドってデザイナーが変わったらこうなるんだな」とか学んだ時期はありましたけど、強いていえば、パンツよりスカートをはいてる女性かな……。いずれにしても、モード系の女子に対するアレルギーはないですね。

**見城** やっぱり女性にしても、痩せ我慢をしてモードな服を着こなしているのはいいなって思うよね。

## ファッション、ワイン、全部教えてくれた人

**松浦** 世の中的には、例えばアナウンサーとかCAとかの無難なファッションのほうが男ウケがいいとかいわれてるみたいですけど、男が日和ってるだけだと思いますね。女性はおしゃれに越したことはないですよ。

**見城** 俺がおしゃれに目覚めたのは、まだ角川書店のサラリーマンだった頃に付き合っていた女性が売れている芸能人だったんだけど、毎年春と夏に「アルマーニ」のスーツを5着ずつ買ってくれたんだよ。あるとき「まだ去年のものが着られるし、たくさんあるからいいよ」って言ったら、「覚えておきなさい。イタリアのブランドは生地とデザイン優先で実用的に作られていないの。だから、前のシーズンのものは着ちゃだめなのよ!」と言われて「そういうものですか~」って思ったよね(苦笑)。

**松浦** 確かにワンシーズン前のものを着ていると恥ずかしいとか、ワードローブを春夏と秋冬ごとに全部入れ替えるというお金の使い方があるなんて、若い頃はぜんぜ

ん知らなかったですよね。僕なんか、今はシーズンが終わった洋服はほとんど三代目（※三代目 J Soul Brothers）とかにあげちゃってますけど。

**見城** 要するに、俺はその彼女にファッションだけでなく、ワインもバレエも、クラシック音楽もオペラも芸術映画も……すべて教えてもらった。だから、いまだに「アルマーニ」を着てる女を見ると胸がときめいちゃう（笑）。

**松浦** でも「アルマーニ」を着こなすって、そのへんのかわいいだけの若い女性じゃちょっと無理ですよね。

**見城** 顔が小さくて、顎のラインがシャープで、首がきれいで長くて、華奢《きゃしゃ》なんだけど怒り肩の女じゃないとだめだね。ただ、松浦は「俺の好きな服を着ろ」ってタイプだろ？

**松浦** 全面的にそうですね。何の否定もしません（笑）。

**見城** でも何が言いたいかって、人生ってつまり、そういうことだと思うんだよ。誰だっていきなり「アルマーニ」にいくわけじゃなくて、青年の頃の背伸びした「アルマーニ」体験があって、今「アルマーニ」が似合うようになる。余談だけど、あの篠山紀信さんも、２０１３年に亡くなった世界的な建築写真家で建築雑誌

『GA JAPAN』の二川幸夫さんも、素敵なおじちゃんはだいたい「アルマーニ」だったよね。

**松浦** 見城さんは今日のスーツも「アルマーニ」ですか？

**見城** 最近は「アルマーニ」じゃなくて、テーラーであつらえてるの。ただ、「アルマーニ」風にはしてもらってる。一年に7、8着はつくってるけど、裏地はアロハ柄と決めているのと、裏地のためにつくっているところがあって、いつも裏地を決めてから表を決める。このコンビネーションを決めるのが大変なんです。

**松浦** いつもどこであつらえてるんですか？

**見城** 青山ツインビルの1階にある「コンセプション」って店。ところでファッションといえば、エイベックスと伊勢丹がやるっていう大麻布《たいまふ》のブランドが最近ニュースになってたじゃない。

**松浦** 「麻世妙《まよたえ》」ってブランドを立ち上げたんですよ。終戦後に制定された大麻取締法で国内での栽培が規制され工業化が進まなかったことで、一般には流通しなくなった大麻布を現代によみがえらせるファブリックのブランドなんですけど、伊勢丹に入っている15ブランドくらいとコラボレーションして売り出されるんです。

大麻布は農薬や薬品を使わない最後の天然繊維ともいわれてて、奈良の月ヶ瀬ってところでは宮内庁や伊勢神宮に納めるために特別に手織りされてるんです。見学に行ったりもしたんですが、職人の世界に魅せられました。

**見城** 触り心地とかはどうなの？

**松浦** それがすごくやわらかくて、それでいて丈夫なんですよ。

**見城** 最終的にはどこまでのビジネスを狙ってるわけ？

**松浦** 抗菌性があるともいわれているので、例えば病院関係や、オムツとかの介護用品とか、世の中の広く多くの場面で活用されるようなものにしていけたらいいなと思ってますけど、まだ夢を見ている段階ではあります。ちなみに見城さん向けのアイテムなら、発起人の一人に衣類の文化に詳しい京都帯匠誉田屋源兵衛10代目の山口源兵衛さん（※もう一人は自然布研究の第一人者として知られる近世麻布研究所所長の吉田真一郎さん）が入ってくれてるんですけど、源兵衛さんが作った金箔や銀箔のジーンズもありますよ（笑）。試作品ですけど。

**見城** スーツはないの？

**松浦** シャツならありますよ。今度、お持ちします！

**見**

痩せ我慢をして
モードな服を着こなしている女性は、
やっぱりいいなって思うよね。

**松**

世の中的には
無難なファッションのほうが
男ウケがいいとかいいますけど、
男が日和ってるだけ。

# オーガニック
# ライフは
# 都会でも
# 成立するの?

the Matsu-Ken talkshow
No.3

見城　松浦は「オーガニックライフ」とか、やってるの？

松浦　いいえ、まったくです。

見城　俺はやってるよ。恵比寿に「サンシャインジュース」っていう店があって、そこで出しているのが、ジューサーとかミキサーではない〝コールドプレス〟という特殊な手法で、熱を加えずにじっくり押しつぶして野菜や果物の水分を搾り出したジュースなんです。だから食材の栄養素を生きたまま摂取できるんだけど、初めて飲んだときに「ああ、これだ！」って思ってから、毎日飲んでる。もともとジュースおたくで、東京中のジュースはだいたい制覇してきたと自負してるんだけど、「サンシャインジュース」は間違いなくナンバーワン。

松浦　具体的にはどのジュースがオススメですか？

見城　「クレンズ」をやってみるのがおすすめです。アメリカでかなり流行ってるんだけど、一定期間、固形物を食べない代わりに、ジュースを1日6本飲むことで消化器官を休ませながら、体を内側から浄化するんです。1日だけでなく3日や5日のコースがあって、言ってみればジュースダイエットみたいなものなんだけど、肌なんかもすごくきれいになる。

松浦　ちなみにおいしいんでしょうか？

見城　そこは体に効くものほどおいしくないというか、一番効くのはやっぱり青汁みたいな味なんだよ。だけど、おいしく飲める緑系のジュースもいっぱいあって、ケール100パーセントの「グリーンデトクサー」とか、原始の生命力といわれるスピルリナを日本で初めて生のまま使用した「ナーリーグリーン」とか、ケールにリンゴをブレンドした「リキッドサラダ」とかはいいと思うよ。

松浦　それにしても見城さん、そのジュース屋のこと、本当によくご存じですね……(笑)。

見城　実はあまりに気に入って、うちの会社として「サンシャインジュース」をM&Aしたんですよ。自分の体がいいと感じたんだから、皆さんにも広めたいと思ってね。それに今の時代、本業である紙に印刷した活字事業はどうしてもシュリンクしていかざるを得ない一方で、絶対に出版というものをやめるつもりはないので、活字の仕事をし続けるためにも、他のビジネスとの両立をちゃんとやっていこうっていうのがあって。

松浦　なるほど。ちなみに、僕は肉だけを食べ続けたことがありましたけど、なかなか続かないんですよ。

**見城** 俺たちの場合は接待があるから、食事制限ってことになると、無理が出てくるよな。

**松浦** 植物という意味での「オーガニックライフ」なら、数年前まで家族で住んでいた田園調布の家は庭にミカンやリンゴができたり、面白かったですよ。僕もネットで野菜とか果物の苗を買って、それを植えてたりしましたけど、うっかり植えたのを忘れていても、しばらくして見に行くと、ちゃんとできていたりするんです。あと、両親が住んでいる家でも一時期、庭の土を田舎から運んできたものに入れ替えて、そこにトマトやキュウリを植えて、子どもたちに収穫させたりもしましたね。

**見城** でも、松浦は田舎育ちでもないし、そういう土いじりをして育ったってことでもないよな?

**松浦** そうですね、横浜出身ですから。でも子どもの頃に育った家には庭があって、そこには池もあって、ちゃんと緑はありました。

**見城** 俺は静岡の清水市(現・静岡市清水区)の育ちなんです。海があって、久能山《くのうざん》があって、富士山があって、三保の松原があって……。太陽は燦々《さんさん》と降り注ぐし、お茶の産地でもあるので季節になると町がお茶の香りに満ちて。つまり風光明媚な田舎で、東京の大学に入る18歳まで育った。だから、逆に都会での生活のほうがいまだに楽しいんだよ。

**松浦** そういうものですか。

## 人間関係を整理しないと生活は変えられない

**見城** 以前、地方の芸術大学から熱心に「学長になってもらえないか」と相談されたときも、1カ月のうち1週間はその地方にいないといけないってことで、その1週間だけでもオーガニックライフをやってみようかなと一瞬考えたことはありましたけどね。都会での生活を続けてこのまま歳を取っていったら、早死にするような気もして……。結局、今の生活を変えられないと思ってお断りしましたけど、つまり、オーガニックライフを享受するのはいいけど、自分がそれを生産するのは興味もないし、できないと悟りました。ただ、松浦は凝り性だから、ハマろうと思えばハマれるんじゃない？　趣味の釣りだって立派なオーガニックライフじゃない。

**松浦**　確かにこの間もニュージーランドに海釣りに行きましたし、それこそ現地で完全にオーガニックライフを実践している日本から移住した元音楽業界の友人なんかもいて、素敵だなと思うし憧れたりもします。だけど、それを今の自分ができるかっていうと、ちょっと考えちゃいますね。湖畔の近くに家があって、下りていくと桟橋があって、自分のボートに乗ってマスを釣って戻ってきて、庭で摘んだハーブで香草焼きにして食べるみたいな生活です。

**見城**　まぁ、でも、世の中がたくさんの物を持つライフスタイルに飽き飽きしている反動が、オーガニックライフなんだと思うんだよ。だから今は『フランス人は10着しか服を持たない』って本が売れたりして、みんな極端に簡潔なものに惹かれる。〝断捨離〟なんかも、確実にベストセラーのストライクゾーンの一つだから。

**松浦**　でも、東京みたいな都会に暮らしていて、簡潔でシンプルな人生って体現できるものですかね？

**見城**　仕事がある限り、絶対にできないよ。

松浦　人間関係を整理しないと無理ですよね。

見城　確かに最初に整理するのは仕事の人間関係になってくるよね。お誘いを断らないといけないわけだから。

松浦　そこでまずつまずきますよね。

見城　そういう意味では冠婚葬祭もなんとかしたい。結婚式だけでも1カ月に何回か週末をつぶして、ご祝儀を包んで、食べたくないものを食べて、揚げ句にスピーチまでさせられた日には「俺は何をやっているんだ」って思うよ（笑）。そういうものを切っていかない限り、シンプルという意味でのオーガニックライフは実践できないし、欲にまみれた生活をしていてオーガニック云々もないだろうってね。食べ物だけをオーガニックにするなんていうのも俺は邪道だと思うね。やるならファッションも生活も何もかも変えないと。

松浦　さっきも話したニュージーランドの友人なんかは実際に湖の水を飲んで、そこからすべてのライフスタイルが始まっている。そこまで振り切っている人を見てしまっているので、週末だけオーガニックライフをかじるとかいうのは、僕的にはちょっと似非《えせ》の匂いがするというか……。

**見城** ところで、俺は「私はオーガニックな女です」って言われても、ぜんぜん興味がないんだけど。

**松浦** 僕もないですね。そもそも、どこまでのことをやっている人がオーガニックな女性なのかも、よくわからないですし。

**見城** ヨガくらいでとめておいてくれればいいんじゃない？ 「私はベジタリアンよ」みたいなところまで突き詰めるタイプはアーティストに多いけど、きっと体が引き締まることで感性も研ぎ澄まされる気がするんだろうね。俺がまだ角川書店の社員だったときに『野性時代』という文芸誌のアートディレクターでお世話になって、その後アメリカに渡って活躍した故・石岡瑛子さんも、後年はアカデミーの衣装デザイン賞とかをもらったりしてましたけど、45歳すぎてからは完全なベジタリアンになっちゃって。

**松浦** ただ、日本人の場合、和食そのものが基本的にオーガニックですよね。旬のものをどれだけローフードのまま食べられるかっていう料理ですから。

**見城** ちなみに「オーガニック恋愛」っていうのはどうなんだろうね（笑）。

**松浦** どっちもオーガニックライフをやってないと成り立たないと思いますけど、どっちかがよりオーガニックすぎて付いていけない……みたいなことになりそうな気もします。

**見城** 『ヌメロ・トウキョウ』というところでは、それこそ「オーガニックファッション」は？　俺はちょっと興味があるけど。「オーガニックスタイリスト」とかいたら、頼んでみたいし。

**松浦** 今日の見城さんのジャケットのアロハ柄の裏地とかは、ある意味、オーガニックなんじゃないですか？

**見城** 心だけはハワイにあって、そこではウクレレのハワイアンと緩やかな風が流れて、だから仕事が頑張れるみたいなね（笑）。

**松浦** 結局、日本人にとっての「オーガニックライフ」は、田舎に行って新たな人生を歩きましょうというより、どう都会にそういうノリを取り込めるかなんでしょうね。

**見城** いや、でも、松浦の「オーガニックライフに必要なのは、まず人間関係を整理すること」という今日の名言は感動したよ。まったくそのとおりだと思うね。

見

たくさんの物を持つことに
飽き飽きしている反動が、
オーガニックライフなんだと思うよ。

松

ただ、都会に暮らしているなら、
まず人間関係を整理しないと、
オーガニックライフは無理です。

# SNS
# アクティブな人は
# 成功者に
# なれますか？

the Matsu-Ken talkshow
No.4

**松浦**　今月の『ヌメロ』の特集が「Love Myself」ということで、今日の僕らのテーマも、それでいこうと思うんですが……。

**見城**　自己陶酔とか、自己愛について語るってこと？

**松浦**　そういうことですね。

**見城**　例えば、俺がこの3月末までやっていた「755」（※サイバーエージェント提供の新世代トークアプリ）なんかは、まさにLove Myselfな人々のためのツールだと思うけどね。

**松浦**　基本的にSNSって、自分大好きな人の集まりですからね。

**見城**　SNSは中毒性があるのが怖いんだよ。俺ですら、朝起きてスマホを起動させて、自分のところに来ているやじコメ（※やじうまコメント）を見るのが楽しみでしょうがなかったもん。

**松浦**　一番多いときで、どれくらいのやじコメが来てたんですか？

**見城**　平均60～70件、多いときは100件くらい。それに「一行はだめ。答えが欲しかったら心を込めろ」と煽っていたので、どれも行数が多いんだよ（苦笑）。だから、返すにもすごい労力が必要で、朝と夜と車の移動時間も入れて、1日3時間もかけて、全部のやじコメに返事を書いてたから。

**松浦** 全部ですか？

**見城** 誰かを相手にして、誰かを無視するっていうのはフェアじゃないから、ゼロか100かしかないでしょ。それに、人生は言葉で考えることから始まると思うんだよ。幼児や動物に人生がないのは、言葉がないからでしょ。

**松浦** 逆に、僕にやじコメしてくるのは三代目（※三代目J Soul Brothers）ファンの若い子たちばっかりですよ（苦笑）。しかも「写真を見たい！」っていう。いま、誰が人気なのかはそれでよくわかりますけど……。おかげでE-girlsの名前も覚えられました。

**見城** ちょっと話はそれるけど、E-girlsの石井杏奈が映画の『ソロモンの偽証』に出ているのを観たんだけど、オリジナルな顔立ちで、今までの女優の誰にも似てないのがいいなと思ったよ。

**松浦** そうですか。観てみます。

## SNSは何者かになったような錯覚を引き起こす

見城　まぁ、でも、LINEなんかが基本的に一対一なのに対して、755はオーバーにいえば裾野は無限に広がっているわけで、何かをすごくたくさんの人に告知できるし、ある程度の影響力もある反面、必ず不愉快な目にも遭うんですよ。俺は自分の気持ちを真剣に正直に発言したいから、それを全うしていただけなんだけど、悪意を持って絡んでくるやつもいる。要するに、SNSは自己陶酔や自己愛のツールでもある反面、悪意や中傷にもさらされるわけ。

松浦　僕なんて昔からいろいろなところでよく、「炎上してますね……」って言われますけど慣れっこなので、あまりそれで落ち込んだりとかしないですよ（苦笑）。

見城　SNSという仮想現実の中で、無名の人たちでも何者かになった気になるんだよ。名前が知られてきたり、ウォッチ数が多くなると、良い意味でも悪い意味でも錯覚するんだろうね。

松浦　ところで、なんで見城さんは755を3月末でやめちゃったんですか？（※20

17年3月現在は復活)

**見城** まず読書の時間がなくなって、次に映画やテレビを観る時間がなくなって、仕事にも支障が出てきて、ジムでのトレーニングもできなくなった……。

**松浦** 真剣にやりすぎなんですよ……(笑)。

**見城** だから、やめると決めたときは寂しい気分になったよ。

**松浦** やめなければよかったんじゃないですか(笑)。

**見城** 基本的にSNSって、みんなは軽いノリでやってるけど、俺はくさびを打ち込むように、今、自分が何を考えているのか、何に苦しんでいるのか……自分の生き方を言葉で伝えていただけなんだよ。知り合いにも「こんなにまともにやる人はあまりいない」って言われましたけど、だから、コメントしてきていた人たちも、決して器用に生きようとしている人たちじゃないんです。

**松浦** 確かに見城さんの755は〝奇跡のトーク〟といわれてるって、聞いたことがありますね。

**見城** ちなみにスタートして1週間目くらいで双葉社の若い男性編集者が「755の見城さんのトークを本にしたい」と755でコメントしてきて、結局、この3月に

『たった一人の熱狂』って本にして出したんですよ。

**松浦** 僕も何か本を出したほうがいいとよく言われるんですけど、最近のことは本当に書けない話ばっかりなんです（苦笑）。

**見城** 本を出すってことは、自分も傷つくし周りも傷つくってことなんだよ。

**松浦** あと、書いてると、どうしても飽きちゃうんですよね。

**見城** 表現って自己愛の最たるものだよね。自費出版が後を絶たないのは、自分を残したいからでしょ。そういう意味ではファッションも自己愛だし、すべては自己愛から出発するんですよ。しかも自己愛は自己救済でもあるから、表現しないと前に進めない。

**松浦** ただ、そういう自己愛の強い人を、SNS上ではどうも、否定できない空気がありますよね。

**見城** アナログの人間関係であれば、それこそ対立したり、妥協したり、我慢したり、いろいろなことが生じてくるけど、SNSはバーチャルな画面に向かっていればいいわけだから、否定されたくない人が集まるのかもしれないね。

## 自己嫌悪、自己否定がない人とは友達になれない

**松浦** 実はあゆ（※浜崎あゆみ）のデビュー当時に流行ってた「あゆチャット」っていうのがあって、色んな意見をもらってた集まりなんですけど、この間、そこのやつらと20年ぶりにオフ会をやったんですよ。

**見城** そこで素敵な出会いはなかったの（笑）？

**松浦** そういう会じゃないです。みんな男のコアファンなんで（笑）。つまり、僕の場合は昔からネットで知り合ったやつに会ってみたりとかっていうのはけっこうあるんですよ。しかも何人どころじゃなくて、会って社員になった人もいっぱいいます。ブログとかLINEとかもかなり早い時期に手をつけて、人よりも早く飽きるってタイプなんで。

**見城** 俺はSNSを始めたのはここ半年だし、仮想現実上の相手とは基本的に会っちゃだめだと思ってる。SNSには「相手に自分を理解してほしい」って人たちが集まってるので、それがうまくクロスすると、男女問わず、恋愛に近いムードにな

るものじゃない。でも会ったら最後、必ず冷めるものだから。

**松浦** 僕も最近つながった人とは会おうとは思わないですけどね。

**見城** 俺が誰にどう返事を書いたかっていうのを見ても、彼らはいろいろなことを感じるみたいで、「なんであの人にはあんな長く返したの？」とか言われたりするんだよ。

**松浦** やっぱり、ネットの人とは会っちゃだめですね。

**見城** あと、転職したことをメールで送ってくる人は、礼節がないと思うね。どこかで一回会って、名刺交換したことがあるから届くんだろうけど、「俺はおまえのこと、覚えてないよ」みたいな。パーティとかでも、どうしても思い出せないこととかない？

**松浦** ほとんど思い出せないです。相手が偉い人のときとか、本当に困りますよね。

**見城** 俺はさすがに偉い人はわかるよ（笑）。

**松浦** 一生懸命、覚えようとはしてるんですけど……。

**見城** パーティとかでちょっとしか知らない人に馴れ馴れしく声を掛けることができる人も、きっと自己愛が強いんだよ。自己愛がない人間なんていないけど、自己否定したり、自己嫌悪があったり、そういう精神のサイクルがある人は友達になれると思う。ちなみに１９６０年代後半の東大闘争なんかも、基本的に「自己否定」がテーマだったんだよ。「自分たちは東大ということにあぐらをかいているんじゃないか」ってね。よく生きようとする人は、誰でも自己否定から始まるんです。

**松浦** 決して社会に抗ってたわけじゃないんですね。

**見城** 自分の根本的な醜さに抗ったのが、東大闘争。

**松浦** 当時、よく生きようとした人は、今どうなっているんですか？

**見城** 一番多いのは弁護士。経歴が関係ないからね。あとは医者、ジャーナリスト、起業家も多い。それにＬＤＨだって、自己否定なやつらの固まりじゃないですか。

**松浦** それは否定しませんね。

**見城** 何より、松浦自身が最もそういう人だもん。「自分はなんぼのもんじゃ」っていつも思ってる。そういう人が勝つんだよ。

**松浦** そのとおりです（笑）。

見

すべては自己愛から出発する。
自己愛は自己救済でもあるから、
表現しないと前に進めない。

松

ただ、そういう自己愛の強い人を、
SNS上ではどうも、
否定できない空気がありますよね。

# ニッポンのどんなところを愛していますか?

the Matsu-Ken talkshow
No.5

見城　今年（２０１５年）の年末で65歳になるんだけど、この歳になってつくづく「自分は日本人だなぁ」と思うのは、和食もそうだけど、禅だったり、俳句や短歌という、贅肉が削ぎ落とされた日本の文化にどんどん惹かれていくんだよ。例えば俳句は「五・七・五」の制約だけでなく、季語を入れないといけないという苛酷な足かせがあって、だからこそ表現が豊かになる。たくさん書いたから何かを表現したことになるわけじゃないんだよ。松尾芭蕉の「古池や 蛙飛び込む 水の音」や「五月雨を あつめて早し 最上川」なんかも、それだけで映像が浮かぶわけで、俺は物事の本質もすべて、この〝削ぎ落としの美学〟の中にあると思うね。

松浦　俳句とか、あまり詠んだことがないですね。

見城　俳句だけでなく短歌も素晴らしいよ。昔の武士は死ぬときに必ず辞世の歌を遺したものだけど、忠臣蔵の大石内蔵助の「あら楽し 思ひは晴るる 身は捨つる 浮世の月に かかる雲なし」という有名な一句も、〝討ち入りを果たして切腹することになったけれど、主君の仇を取る念願は果たせたし、思い残すことなく、とてもいい気分だ〟っていう意味なわけ。

松浦　大石内蔵助も僕はあまり詳しくないんですけど、『ヌメロ』の読者とかは、なじみがあるんですかね……。

**見城** 確かに『ヌメロ』には適当じゃないよな（苦笑）。

**松浦** いやいや（苦笑）。

**見城** じゃあ、和食とかだと最近はどこの店に行ってるの？

**松浦** 東銀座の「井雪《いゆき》」とかですかね。

**見城** 「井雪」は、それこそ何かを削ぎ落とすことで本質がぱーんと浮き立ってくる料理だよな。

**松浦** なかなか予約が取れないですけどね。

**見城** 6カ月先まで取れないよ（苦笑）。ちなみに「井雪」にいた料理人が築地に「六寛《ろっかん》」っていう店を開いて、昨夜はそこで食べたんだよ。基本的にすっぽんの店なんだけど、頼めば井雪流の料理も出してくれる。ちなみに鮨はどこに行ってる？

**松浦** 四谷の「三谷《みたに》」ですかね。初めて行ったときに「鮨にワインって、こんなに合うんだ」って感動しましたもん。

**見城** そうそう、あそこはデギュスタシオンの店で、すごくおいしいよな。しかも、やっぱり予約が取れない。

## すべての人間ドラマは〝差異〟から生まれる

**松浦**　ちなみに、イタリアンにしろ中華にしろ、メシは日本が一番おいしくないですか？　僕、今年はけっこう海外出張が多いんですけど、食事だけでなくホテルのサービスや部屋の清潔感も日本は世界でもトップクラスなので、「やっぱりこの国はいいな」って思います。

**見城**　あと、建築や現代アートの分野でも、日本人が世界でけっこう活躍してるでしょ。

**松浦**　見城さんの分野である出版や僕の分野である音楽と違って、やっぱり言葉の壁がないから強いんでしょうか？

**見城**　まさにそのとおりで、建築や現代アートはやっぱり有利だよ。あと、結局のところ、ナショナルなものであればあるほど、インターナショナルに突き抜けるってことでもあるんだと思う。例えば京都ってものすごく日本的だけど、一番エキゾティックな街でしょ。ちなみに松浦の専門の音楽だと、「SUKIYAKI」（※1961年発売の坂本九の「上を向いて歩こう」の英語タイトル）が全米で1位を取ったことがあるけど、あれは偶然だったたってことでいいんだよね？

松浦　おそらくそうだと思います。

見城　ＹＭＯもすごかった。

松浦　インストでシンセサイザーで……っていうのが、当時は珍しかったんじゃないでしょうか？　ただ、この間マイアミの「ULTRA」（※98年にマイアミで始まったダンスミュージックフェス）に行ってきたんですけど、正直、規模なら日本の「ULTRA」でも勝てるんじゃないかなと思いました。というのも、街の真ん中でやるので会場そのものが狭いというか、広がりようがないんですよ。ＤＪのキャスティングはマイアミのほうがまだまだすごいものがありますけど。

見城　まぁ、でも、マイアミは亜熱帯だけど、日本は四季があるでしょ。つまり花鳥風月があるわけで、そこに〝物の哀れ〟があるんです。季節のないところに有名なラブストーリーは生まれづらいんじゃないかと思うね。季節があるから行事ができて、行事があるから役割が生じて、役割があるから差異ができる。すべての人間ドラマはこの〝差異〟から生まれるんですよ。持っている人と持っていない人、醜い人と美しい人……っていうね。

松浦　なるほど。

見城　ところで松浦はいま、家族をシンガポールに住まわせているけど、この先もずっと子どもを亜熱帯で育てるつもり？

松浦　日本はアメリカの文化をどんどん受け入れてきたのに、どうして英語だけは話せるようになれないのか、ずっと不思議だったんですよ。しかも、話せないことで僕自身が困ることが多かったので、たとえ亜熱帯でも、一時期でいいから英語圏に子どもたちを行かせてみようと思ったんですよね。

見城　国民が英語が話せる国という意味では、フィリピンなんかはもっと成長できるはずなんだよ。

松浦　日本人は勤勉だから、英語が話せなくても、ここまで成長してこれたところもあるんでしょうね。

見城　ちなみに英語で短歌を詠むのは無理なんですよ。例えば、西行の歌で「願はくは花の下にて 春死なむ その如月《きさらぎ》の 望月の頃」というのがあって、ここでいう「花」は当然、桜なんだけど、自決した三島由紀夫の辞世の歌である「散るをいとふ 世にも人にも さきがけて 散るこそ花と 吹く小夜嵐」に出てくる「花」を英語で「フラワー」と詠んだところで、伝わるものも伝わらないでしょ。つまり、桜はすべての人生観に通じる〝散り際の美学〟の象徴なんです。

**松浦** 確かに桜は一年待って見頃になると必ず強風が吹いて、咲き誇った途端に散ってしまいますね。

**見城** だから、美しいんです。

**松浦** 僕は辞世の歌とか、考えたこともないですね。

**見城** どう死ぬかは、どう生きるかと同義だよ。

**松浦** 深いなぁ。三島由紀夫もそうですけど、昔の人は思想主義ですよね。でも、今の世の中を見ていても、思想に殉死するって人は見当たらない気がします。

**見城** それは、俺もまさに学生運動の時期に機動隊相手にやり合っていたクチですけど、逮捕されそうになると逃げ回っていたし（笑）、就職できなくなるのもいやだし、捕まるのも怖いし、捕まったら母親が悲しむだろう……とか悶々と考えていて、とても三島由紀夫のようには死ねないと思った。つまり、俺はインチキ革命家だったってことだ（笑）。昔とは人間の本質も変わったよ。それこそ、大石内蔵助に見る武士道がなくなったというか、思想が欧米化したってことだと思うね。

## 好きなことを突き詰めた先に「起業」がある

**松浦** そういうことなんですね。

**見城** ただ、松浦なんかはまさにダンスミュージックを海外からもってきたわけで、日本の音楽はダメだって思ったの？

**松浦** いや、「こんな音楽があるんだ」と思っただけです。

**見城** それを日本に紹介したいと思ったわけだ。

**松浦** 商売のこともぜんぜん考えていなくて、「こんなのがあるんだ」と思ってレコードを買ってきて、貸しレコード屋で並べていただけで。でも、みんな何を借りていいかわからないから、「これがいいですよ」って言うと、また借りに来てくれる。そういうコミュニケーションが一つの店から日本中の店に広がって、「どうせだったら、レコード会社をつくっちゃえ」ってなったんです。

**見城** それは極めて必然的な流れだよ。起業するときも、松浦みたいなのが正しいよ。

**松浦** 単純に自分が好きなものを川下から少しずつ運んでいったら、今の場所まで来てしまったっていう。

**見城** 起業することが目的になったらだめってことだね。結果的に起業することになってしまったっていうのが正しいわけ。俺もそうだもん。だって起業するって、とてつもなく苦しいことがたくさんある。好きなことじゃないとできないよ。

**松浦** でも、今となってはＩＴで大成功とかしてみたかった気もしないではないです。

**見城** ネットで成功パターンをつくった経営者は、落ちるってことがないよな。ＧＭＯにしても、サイバーエージェントにしても、楽天にしても。

**松浦** 成長産業ですからね。

**見城** 商売なんかは１日24時間と店の面積以上のことはできないけど、ネットはそこを超えられる。産業革命ですよ。でも、松浦も俺も、ネットがたいして好きじゃなかったからな（笑）。

**松浦** 業種によって成長率が大きく違ってくる時代ですけど、「儲かりそうなジャンルだから」という理由で仕事を考えちゃだめですよね。

**見城** そんな人たちだらけになってしまったら、いよいよ日本も終わりだよ（苦笑）。

見

昔の短歌や武士道の散り際の
美学じゃないけど、
どう死ぬかは、
どう生きるかと同義だよ。

松

ただ、今の世の中を見ていても、
思想に殉死するって人は
見当たらない気がします。

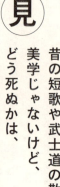

# 人生はそこそこ幸せなら、それでいいんでしょうか？

the Matsu-Ken talkshow
No.6

松浦　今の若い人たちはガツガツ仕事をしようってよりは「いい感じで家庭を持って、いい感じでそこそこの生活をして、車とかもシェアすればいいじゃん」みたいな幸福論が主流だって話ですが……。

見城　俺はそんなの、与《くみ》しないね。そこそこの生活をして、そこそこの女性をもらって、そこそこの家庭を築いてやっていけばいいなんて、まるで思わないよ。

松浦　確かに見城さんのここまでの人生は〝そこそこ〟とはまったくもって無縁ですよね。

見城　松浦だって若いときに「そこそこでいいや」なんて思わなかったろ？　そもそも幸福論なんて考える以前に、松浦はダンスミュージックに、俺は読書に熱中して、好きなことをやっていたら、結果、今の商売を始めてしまったっていうだけだから。

松浦　今は「ロンキャリ」って言葉もあるらしいですよ。「ロングキャリア」の略で、ガツンと上がらなくていいから、少しでも長く働ければ幸せっていう。

見城　まぁ、でも、昔だってそういうやつはいたよ。なにも今の時代に限ったことじゃない。それはそれでいいじゃん。自分の価値観に従って、好きにすれば。

松浦　見城さんは、今の若者から幸福論について相談を受けたりはしないんですか？

見城　しないよ。

松浦　ばっさりですね……（笑）。

見城　でも、そこそこで生きていくっていう、つまり、何かに追われることもなければ何者にもならない人生っていうのは、案外、幸福かもしれないよな。知らないほうがいい世界もあるよ。

松浦　さっきまで「そこそこの人生なんて、あり得ない！」って憤ってたのに（笑）。

見城　要するに、幸福論なんて知ったこっちゃないってことだよ！

松浦　いやいや（笑）。

見城　ただ、何者かになる人生を選んだとしても、働きづめではなくて、適度にブレイクを入れるのは必要だよな。松浦だって、隙あらば一日中、海に出て釣り糸を垂らしていて、ぼーっと過ごしてるんだから。

松浦　それは少し昔の話で、今はまったくしてないですから（笑）。

見城　じゃあ、今はどうやって息抜きをしてるわけ？

松浦　体が健康に戻る感覚が楽しくて、毒素を抜くようなことにハマってますね。

見城　走ったり、ダイエットしたりってこと？

松浦　いや、普通に寝るとか、そういうことですけど……。基本的に夜は闘いなんです。なかなか眠れないし、眠れたとしても浅いんですよ。

見城　俺もそうだよ。ずっと何かを考えていて、寝てる気がしない。

松浦　そうなりますよね。

## 幸せは、死の瞬間にしか決まらない

見城　何者かになるかたわら、犠牲にするものもある。子どもは「あれもこれも欲しい」でいいけど、大人が何かを得るためには、血を流して、自分の中の何かを失うんだよ。人生において健康を失ってでも成功を得るかどうかも、自分で価値判断をするしかない。

松浦　そこは女性も同じなんでしょうか。

見城　ビジネスでも成功して、若いだんなと結婚もして、子宝にも恵まれて……って知り合いもいるにはいるけど、お金がある女性が多いかな。

**松浦** お金があれば、若いだんなも手に入ると。

**見城** ただ、お金で若い男を……っていうよりは、女性として純粋に美しく、素敵であり続けるほうが大事だと思うね。

**松浦** でも、今の若い男性は素敵な女性がいても、ちやほやしないらしいですよ……。例えば男からデートに誘っても、割り勘とか当たり前らしいです。

**見城** 俺はまったくわからないね、狙っている女性におごらない男の気持ちが。健全な男気が感じられないよな。

**松浦** 女性のほうが年上だったら、まだ、わかりますけどね。

**見城** そういう男は結婚とかもする気がないわけ？

**松浦** どうなんでしょう。ただ、そういう男性を前にしたら、女性のほうがいわゆる肉食化しないと、結婚もできないでしょうね。

**見城** でも、いつの時代も「女とやりてえ」みたいな健全な男がいなくなることはないと思うんだよ。俺たちの頃は、そっちがマジョリティだっただけの話で。

**松浦** なるほど。

**見城** どっちにしろ、誰もが「〇」か「×」のボードを持っていて、死ぬときに「自分の人生はよかったな」って思えれば「○」。「こんな人生じゃなきゃよかった」と思ったら「×」。貧乏だろうと、みんなにバカにされようと、昆虫採集に明け暮れた人生だろうと、たった一人で生きようと、全部自分でやってきた結果を最期に突きつけられるわけ。だから、幸福論はやっぱり、多種多様でいいんだよ。人の数だけ、幸せの形はあっていい。

**松浦**　そうなんだと思いますね。

## 男なら、血だらけになって勝ち取れ

**見城**　ただ、世の若い男たちに「闘って勝ち取る」っていう気概がないんだとしたら、残念に思うね。僕らの時代はアーノルド・シュワルツェネッガーとか、シルベスター・スタローンがヒーローだったから（笑）。

**松浦**　懐かしいですね。

**見城**　スタローンの『オーバー・ザ・トップ』って映画なんかは、しがないトラック運転手の男が金持ちの女性と結婚するんだけど、義父との確執で家を出ちゃうんだよ。それから10年くらいたって、少年になった息子を取り返して旅に出ることになるんだけど、「強い父親を見せたい」とアームレスリングの試合に出て、強敵をどんどん倒していくわけ。そして、少年に言うんだよ。「息子よ、人生は向こうからは歩いてこない、自分の手で闘い取るものなんだ」みたいな台詞《せりふ》を。泣けるだろ？

**見城**　見城さんって、それにしてもよく細かいシーンや台詞まで覚えていますよね（笑）。

**松浦**　かの名作『ロッキー』だってそうでしょ。落ちぶれたボクサーが、つるされた肉をサンドバッグ代わりにして、生卵を飲んで、フィラデルフィアの美術館の階段を駆け上がって、勝負を賭けたリングで血だらけでフラフラになりながらも奇跡の逆転KO勝ちをする。勝ったリングで愛する女性の名前を夢遊病者のように呼ぶわけだよ。「エイドリアン！　エイドリアン！」って。エイドリアンも「ロッキー！」って叫んで抱きつく。要するに、勝ち取ったわけだよ。

**見城**　そのとおりです（笑）。

**松浦**　当時の男たちは、俺なんかもそうだけど、映画を観た後は、もろロッキーの気分になったものだよ。無駄にそのへんの階段を駆け上がったりして。

**松浦** ははは（笑）。

**見城** つまり、幸福論は多種多様でいい。でも、男なら、ロッキーみたいな経験をしなくちゃだめだよ。人生、血だらけにならなきゃ。そういう男じゃなければ、俺は認められないし、松浦もいざというときの男気はすごいものがあるよな。

**松浦** そうですかね。

**見城** 普段は冷静だけど「ここは絶対に引けない」とか「これだけは許せない」ってときの闘い方はすごいものがあるよ。怖いし、強いし、利害損得が抜けて、本当に人が変わるから（笑）。

**松浦** いやいや……（笑）。

**見城** 今の松浦の奥さんが惚れた理由もよくわかるよ。しかも「私が一緒にいないと、誰かに騙されると思ったから」っていうのも結婚した理由だって、どこかで聞いたことがあるよ。

**松浦** 後付けじゃないですか（笑）。

**見城** そんな理由で、あんなきれいな奥さんに好きになってもらえるなんて、俺はうらやましいよ（笑）。

**松浦** 見城さんは好きな女性ができたときも、基本的には闘って勝ち取るんですか?

**見城** 銀座の高級クラブに惚れた女ができたときは、自腹で借金をしてでも、毎日のように通ったよ。常連の大作家に「なんで君は毎日のように来ているんだ」って聞かれて「彼女に惚れてるんで」って言ったら「見どころのあるやつだ」ってことになって、結果、すごくよくしてもらったり。

**松浦** 僕は女性に対してそういう気分になることが、今はもうまったく、なくなっちゃいましたね。

**見城** そういう意味では松浦なんかはむしろ、今の若い人の気持ちがわかるんじゃない? だって、普段こんなに無口で、虚無的な人はいないですよ。大社長であることを幸せだとこれっぽっちも思ってないし、放っておくといつも「社長を辞めたい」って病気が始まるし(笑)。

**松浦** 否定はしません(苦笑)。

**見城** 俺なんて、松浦が笑ってくれるだけでうれしいもん。ちょっと恋愛に似た感情もあるんだよ。

**松浦** 僕も見城さんのこと、大好きですよ!

見

何者かになる一方、
犠牲にするものもある。
何かを得るために血を流して、
何かを失うんだよ。

松

僕は今、普通に寝るとかいう
感覚を取り戻しているところです。
基本的に眠りが浅くなってて。

# 人生のドラマはどこに生まれるんでしょうか？

the Matsu-Ken talkshow
No.7

松浦　今月は「ドラマティック」をテーマに話を、ってことなんですが。

見城　それよりも今回はまず、エイベックスとサイバーエージェントが2015年5月にスタートした話題の「AWA《アワ》」について、聞きたいんだけど。

松浦　エイベックスが調達した楽曲を、サイバーエージェントが自社開発したアプリで提供する仕組みを作ったんです。英語で定額を意味する「サブスク（サブスクリプション）」という新しいサービスで、一定の月額利用料を払ってくれた会員は、回数や時間の制限なく音楽を楽しめるっていう。

見城　アプリとしての特徴は何なの？

松浦　音楽の趣味って、友達と一緒とは限らないじゃないですか。でも、自分が好きなものと同じような音楽を好きな、見知らぬ人とつながることができる。そういう広がりを提供できるようにしたってところですかね。具体的には「AWA」にある楽曲の中から、好きな音楽を見つけてコンセプトアルバム的な集合体をつくれて、なおかつ、それを披露し合える。

見城　プロだけでなく、俺みたいな素人がDJみたく好きな音楽を選曲して、発表できるってこと？

**松浦** そうですね。一応「8曲で一つのプレイリストをつくりなさい」ってことにしていて、一人がいくつでもリストをつくれるようにしています。あと、誰かが聴いてくれると、自分のプレイリストのところに印が付いたりして「誰々があなたの選曲をお気に入りです」ってことがわかるようにもなっています。

**見城** それ、楽しいね！

**松浦** 実際に見城さんが「AWA」に参加するなら、アプリをダウンロードし、プレイヤーを「見城徹」に設定して、〝俺の人生において特別な音楽アーティストたち〟とか言って、教授（※坂本龍一）とか尾崎豊とかを選曲していったら、面白いんじゃないですかね。あと、お気に入りに「松浦勝人」と登録してもらえれば、僕が新しいプレイリストをアップしたときに、お知らせがいきますよ！

**見城** どうやって思いついたの？

**松浦** 5年くらい前からなんとなくやりたいなとは思っていました。でも、聴き放題は既に海外の有力プレイヤーが先行していたので、なんらかの特徴を持ったサービスとして作らなければ無理だと思っていて。

**見城** 要するに「AWA」はプレイリストという大きな特徴を持たせた上で、聴き放題にしたと。

**松浦** そうですね。例えばＬＩＮＥはその強力なインフラをフルに活用して、音楽を友人間で送り合えるのを大きな魅力にしていますよね。

**見城** なるほど。

**松浦** ちなみに発表記者会見のときも２００社くらいのメディアが取材してくれましたけど、「サブスク」っていうサービスは世界的に注目されているんです。音楽業界がレコードからＣＤに変わったときくらいのインパクトがある。

**見城** でも、プレイリストに入れたい楽曲が調達できていない場合もあるんじゃない？俺がアメリカの古いジャズを入れたいって思っても「ＡＷＡ」にはない、みたいな。

**松浦** 確かに今はまだ日本が「サブスク」に慣れていないこともあって、入っていて当然のメジャーなアーティストの楽曲がないケースもありますが、「誰もが参加します」ってなってからスタートしても、ビジネスとしては完全に遅いですから。

**見城** 確かに。ところでスタートにあたって、まずはどれくらいの楽曲を揃えたの？

**松浦** １５０万曲くらいです（２０１７年３月現在、３０００万曲）。

見城　まだまだ完璧に揃えるには果てしないものがあるけど、でも、夢のある話だよな。

松浦　頑張ります。

見城　それにしても、スマホでアプリにするのが可能なものは、全部ビジネスになる時代だね。しかも、黎明期《れいめいき》だから、早い者勝ち。

松浦　早い段階でネットからスマホにシフトしていたところが勝ってますよ。

見城　サイバーエージェントだって、アプリの優秀なエンジニアを、高額な給料を払って早い時期に自社に確保できていたから、今回の「AWA」だって開発できたわけじゃない。

松浦　そう思います。やっぱり外注よりは圧倒的に強い。

## 金が動くところにドラマあり

見城　金っぷりがいいというのは、ビジネスでも大事だよな。プライベートの場もしかりで、男も女も金払いで見られているところがあると思うんだよ。金があっても ケチな人はだめだし、金がなくて我慢していても、いざというときに金っぷりがいい人は魅力的だよ。女性にしたら、割り勘男は見込みがないんじゃないかな。

**松浦** そういう話になってくると、何人か思い浮かぶ、お金持ちのケチがいるような気がしますね……（笑）。

**見城** でもさ、ここからやっと「ドラマティック」の話になるけど、世の中のすべてのドラマの最たるは金だと思うよ。人生の転落、国境を越えた恋……金が動かないと、ドラマは生まれないよ。

**松浦** そうかもしれないですね。

**見城** ちょっと前だけど、クリント・イーストウッドが映画化もしてる、ブロードウェイの有名なミュージカル『ジャージー・ボーイズ』の日本公演を観たんだよ。ザ・フォー・シーズンズっていう4人の不良少年の集まりが、街灯の下でハーモニーを合わせたところから始まって、デビューして、ヒットして、どんどんスターダムにのし上がっていく。でも、ケンカがあったり、それこそお金絡みでリーダーが大借金をつくったり、ののしり合いになって、最後はバラバラになっちゃうの。でも、何十年もたって、ザ・フォー・シーズンズがロックの殿堂に入るっていうんで、全員が集まるんだよ。

**松浦**　まさに、ドラマティックですね（笑）。

**見城**　再会した4人はコーラスをしながら、当時の思いや人生を語っていくわけ。「本当はあのとき、あいつがこう言ったのが気に食わなかった」とか、一番地味なやつが「俺はビートルズでいえばリンゴ・スターでしかなかったから、田舎に帰って家族と暮らしたかった。だから、脱退したんだ」とか……。とにかく泣けるんだよ。実際、観客全員がスタンディングオベーションだったのに、俺なんか、涙で立ち上がれなかったもん。音楽は松浦の趣味とはまったく違うと思うけど、お勧めするね。

**松浦**　映画は観ましたけど、舞台はそんなにいいんだ。

**見城**　それと今のミュージカルは、衣装の早替えもすごいんだよ。しかも、そのときどきの洋服が、ドラマを語っていたりもして。

**松浦**　日本のミュージカルは、数年前に劇団四季の『マンマ・ミーア！』以来、観てないんですけど、気にしたほうがよさそうですね。

**見城**　劇団四季は、実は俺も久しぶりにこの間『アラジン』を観に行って、たまげたね。やっぱり、あっという間に衣装が変わるんだけど、観ているとファッションショウみたいで、しかも「今、どうやって着替えたの？」みたいな、ラスベガスのイリュージョン的な要素が加わってる。さっきまで捕われていた罪人が、縄がほどけた途端、服が変わってるんだから！　観た人に会うと、みんな感動してる。

松浦　ミュージカルだからベースはコンサートになるんだけど、そこにファッションショウもあり、イリュージョンもあり、結果、ドラマとして新しいものにもなっているってことでしょうか。

見城　そのとおり。ちなみにファッションというところでは、洋服を選んだ瞬間に、そこから始まるドラマもあると思うんだよ。例えば、好きな女の前ではお洒落をしていたいと思うだろ？　逆にいうと、好きな女の前じゃないと、お洒落をしても仕方がないというか。

松浦　好きな女がいると、確かに男はお洒落になりますよね。

見城　そういう意味で、まだお付き合いしていない段階の好きな女と偶然すれ違ったときだったり、男同士で飯を食っているときに、タイプの女がたまたま別のテーブルで知り合いと一緒にいたりして「見城さん、紹介しますよ」って言われたりしたときとか、「ああ、しまった」って思う。「お洒落をしておけば、もっとアピールできたのに」ってね。

**松浦** 僕は会社にも、外での予定がないときはジャージで出勤したりしますけど、そんなときに仮にタイプの女性と出会ったとしても「この人、ジャージなんて着ているんだ」って思わせるところから、ドラマを始めたいと思います（笑）。

**見城** まぁ、その手もあるよな。ところで『アラジン』は来年の6月まで予約が取れないくらい人気だっていうから、どんな席でも、絶対に観てくれよ。『リトルマーメイド』や『ライオンキング』が素晴らしいと言ってた人たちが『アラジン』で度肝を抜かれてるから。

**松浦** それにしても、見城さんがそんなにミュージカルがお好きとは、知りませんでした……（笑）。

**見城** ただ、松浦が実際に観に行ったとして「見城さん、こんなの好きなんだ」って思われたとしたら、どうしよう……（苦笑）。

見

人生の転落、国境を越えた恋……
金が動かないとドラマは生まれない。
金払いの悪い金持ちもだめ。

松

そういう話なら、
何人か思い浮かぶ、
お金持ちのケチがいるような
気がします……（笑）。

# クリエイティブでいるための余暇と土地と睡眠の関係って？

the Matsu-Ken talkshow
No.8

**見城** 今日は「余暇の行き先」について、話をしない？

**松浦** いいですよ。

**見城** 俺は55歳を過ぎてから、プライベートはオアフ島のホノルルしか行かないって決めたんだよ。

**松浦** それはまた、なぜですか？

**見城** 年齢的にも体力的にも、これからはやたら外国に行けなくなるなと考えるようになって、だったら一番好きなところにだけ行こうと思ったわけ。ハワイは他にラナイやマウイとか全部行ったけど、2～3日行くとどうも飽きちゃって。

**松浦** 確かにオアフ以外は、ホテルの周りだけが開発されている印象がありますよね。

**見城** その点、ホノルルは日本からアクセスが良くて、光も空気もきれいで、美しい自然があって、日本語が通じて、買い物天国で、ゴルフもやり放題だし、うまいレストランも、ホテルもたくさんある。すべての条件を満たしていると思うんだよ。太平洋に忽然《こつぜん》とある島だから、ヒーリングスポットでもあるし。ちなみに、松浦はどうなの？　家族が暮らしているシンガポールはあくまで拠点で、余暇の地って感じじゃないだろ？

松浦 それこそ妻も子どもも、休みになるとシンガポールを離れてハワイに行ってますね。だから、最近はシンガポールじゃなく、ハワイで家族が集合することも少なくないです。僕自身も、去年とか出張でかなりいろんな国に行きましたけど、やっぱりハワイがいいなと思いました。昔1年くらい住んだことがあるので、土地も人もよく知ってるし。LAもいいですけど、日本からだと今イチ遠いんですよ。

見城 俺の場合、行きは23時40分発のJALの羽田便を使うんだけど、仕事をして、会食をして、夜だと空港まで車で30分程度だし、機内に入ったらもうずっと眠ってる。だいたい飛行機が嫌いだから、起きてられない。

松浦 時差ボケはどうですか?

見城 だって、日本にいても常に時差ボケみたいなものでしょ。松浦にしても、いつ眠れているのかわからないような生活をしてない?

松浦 睡眠に関しては、本当に毎日が闘いですね。

見城 頭のどこかで何かずっと考えてるから、なかなか眠れないんだよな。

松浦 それでも、とりあえずは横になって「今日も眠れないな」と思って時計を見ると、1時間半くらい進んでるときがありますよ。自分では眠れてない感覚でいても、少しは眠れてるものなんですよね。

**見城** そういうことはあるよな。

## 今までにない発想を呼び起こす場所

**松浦** ただハワイだと、なぜか眠れるんですよ。

**見城** そうなんだよ。起きてからやることが決まっていないから。

**松浦** ケータイも見なくなりませんか？　電話も出たくないし、日本のことはいったん忘れたいっていうか。

**見城** そこは逆だね。ハワイにいると「あのプロジェクト、どうなってるかな」とか、むしろ東京のことがよく見えて、ずっとケータイとＬＩＮＥで指示を出したりやり取りをしたりしてる。だから、秘書なんかは俺がハワイに行くとなると、むしろ面倒くさい電話が増えると思ってるんじゃないかな（苦笑）。

**松浦** 単純にいろいろと考える時間が増えるんじゃないですか？　僕なんかは今までにない発想が出てくるので、ケータイを思いついた発想を打ち込むメモ代わりにしてます。要するに、ハワイは自分のアイデアを呼び起こさせる場所って感じなんですよ。そういう意味では余暇の土地っていうのとも、ちょっと違うというか……。

見城　同感だね。定期的に行かないと、ストレスが溜まる。俺なんか多いときは年に7回くらい行ってたこともあったよ。最近は4回くらいで落ち着いているけど。

松浦　向こうには、毎回どれくらい滞在するんですか？

見城　1週間から10日くらいだね。

松浦　僕は「スケジュールが空いた」ってなったら行く感じなんで、1週間弱くらいです。

見城　ところで、スリランカには行ったことある？

松浦　ないと思います。

見城　あそこもいいところだよ。30年くらい前、内戦が始まる前に行ったんだけど、そのときの印象が素晴らしかった。食べ物は基本的にカレーなんだけど、鶏肉なんかもおいしいし、女性が美しくて、人々の人間性も良くて、物価も夢のように安くて、山には仏教遺跡がたくさんあって、〝インド洋の真珠〟という異名を持つほど自然が豊かで、ベントータとかウェリガマとかヒッカドゥワとか、海沿いの素晴らしいリゾートもある。インドでビジネスをしている経営者やエグゼクティブも、スリランカに住むケースが少なくないんだよ。映画にもなった『2001年宇宙の旅』の原作者で知られるイギリス人のSF作家アーサー・チャールズ・クラークも、亡くなるまで50年近くスリランカに住んでいた。

**松浦** 確か建築も有名ですよね。

**見城** 20世紀の人だけど、ジェフリー・バワっていうスリランカ人の建築家の仕事で、アマンリゾートも参考にしたとされているトロピカルなホテルが有名だよな。

**松浦** スリランカにはその後、一度も行かれていないんですか？

**見城** 実は去年、30年ぶりに仕事で行ったんだけど、やっぱりすごくよかったね。アジア最古の証券市場があって、今はいろんな企業がスリランカに進出している。

**松浦** 行ってみようかな。

**見城** 見ておく価値はあるよ。ちなみに、松浦はNYはどうなの？

**松浦** LAでもちょっと遠いなって思ってるタイプなので、NYはマジで遠いなって感じです（苦笑）。

**見城**　俺はこの間、ブロードウェイに渡辺謙が主演をした『王様と私』ってミュージカルを観に行ってきたよ。本人から「3カ月もやっているので、スケジュールが合わないという理由は成立しないですよ」って言い方で誘ってもらってたこともあるけど、すごくよかった。しかも、秋元康と小山薫堂も一緒だったから、初日は和食の「MASA 雅」、2日目は「Marea」っていう今NYでナンバーワンといわれてるイタリアン、3日目はナパの名店フレンチ・ランドリーのオーナーがNYに出した「Per Se」というフレンチもチェックできたし。

**松浦**　NYは、時間が真逆なので、時差がつらいですよね。それこそ、睡眠のペースを崩される気がします。

**見城**　俺もNYに行くまでは夜12時近くになると自然と寝落ちができてたんだよ。だけど、NYから帰ってきたら、ぜんぜん眠れなくなった。

**松浦**　あと、酒を飲むのも睡眠の質が落ちますよね。寝落ちするけど、2時間くらいすると起きちゃって、そこからが眠れない……。

**見城**　ただ、松浦の場合、会食で飲まないってわけにはいかないだろ？

**松浦**　一時期、1カ月まるっきりやめていたんですけど、今は週に3〜4回くらい、量を減らして飲んでいます。まったく飲まないと、僕というより相手がつまらないですよね。

**見城** 夜中にトイレはどれくらい行く？　ビールなんか飲んだ日には、ジャージャーじゃない（笑）？

**松浦** 酒を飲む飲まないにかかわらず、ほとんど毎晩、行きますね。

**見城** つまり、ビジネス以外のところでの俺たちの最大の闘いは、もう何十年もの間、「睡眠」だってことだね。闘いたくないなら睡眠薬を飲むしかないんだけど、下手に慣れちゃうと、廃人への道を一直線だし。

**松浦** 急に眠気がきて、頭ががっくんと落ちちゃう感じとか、永遠の憧れです（苦笑）。

**見城** 会食中に頭ががっくんがっくんしてる人って、たまにいるよな（笑）。

**松浦** それって、もう〝寝芸〟ですよね。

**見城** つまりは、睡眠って奥が深いってことだよ。眠れない半面、それこそハワイなんかでは眠り始めるとずっと眠り続けちゃうこともあるし。人生の最大の課題だね。

**松浦** でも、僕はお酒さえ飲んでなければ、眠れなくても、翌日ぜんぜん大丈夫だったりもするんですよ。睡眠もそうだけど、お酒も人生の課題です。

見城　あと、前は眠れないときにＤＶＤを観たり本を読んだりしていたんだけど、そうやってあがくのと、とにかくベッドでじっとしてるのとでは、翌日に持ち越されるものが違うね。やっぱり眠れなくても何もしないで目をつむっていたほうが体調がいい。しかも、何かを観たり読んだりすると、編集者の性《さが》で感想を伝えたくなって、仕事が増える（苦笑）。歌を歌っている人、小説を書いている人、芝居を演じている人とかに「ああしたほうがいい」とかって話を、電話でもいいんだけど、できれば手紙で伝えたいんだよ。感想を伝えるって、人間関係をつくる最初の一歩じゃない？

松浦　何も感じないってことはないんですか……（笑）？

見城　なくはないねぇ（笑）。でも、例えば結婚式でスピーチを頼まれて、終わってテーブルに戻ってくる。そのときに誰からも何も言われないのって、寂しいものなんだよ！　俺は誰かの下手なスピーチでも、一応「よかったよ」って言うよ。

松浦　一言あるだけで救われますよね。

見城　そうなんだよ。だから、そういう悲しい思いを誰かにさせないために、感想は伝え続けたいと思います！

見

ハワイではむしろ
東京のことがよく見えて、
ずっとケータイとLINEで
指示を出してる。

松

今までにない発想が出てくる。
ハワイは自分のアイデアを
呼び起こさせる場所です。

# 最近はどこで買い物をし、食事をしていますか？

the Matsu-Ken talkshow
No.9

見城　今日は買い物の話から始めましょうか？

松浦　見城さんはいつもスーツですけど、やっぱり決まった店で仕立てているんですか？

見城　東京の青山ツインビルにある「コンセプション」って店で作ってます。裏地をアロハ柄にして、そこから表の生地を決めて、ポケットチーフをアロハにして、ステッチもアロハの色から採ってもらって。外からは普通のスーツにしか見えないけど、俺としてはアロハシャツを纏《まと》っている気分なのが粋でしょ。とにかく、ハワイが好きだから。

松浦　この連載で撮影してもらってる写真でも、毎回、絶対にアロハの裏地を見せてますもんね！

見城　しかも毎回、カブらないようにしてて、35着くらいは持っているので、連載も35回まではいけますすよ（笑）。ところで、松浦はどこでどんな買い物をしてるの？

松浦　たまに、お世話になっている友人やうちのアーティストを六本木の「リステアア」に連れていって、服を着せる。その後、今度は美容院の「アルティファータ」に連れていって髪を切らせる。というのも、昔、知り合いの医者に同じようにしてイメチェンさせたら、お見合いして、結婚しちゃったんですよ。以来、誰かのことをお洒落にするのが楽しくなっちゃって。

**見城** お金は松浦が払うんでしょ。

**松浦** そうですね。

**見城** 普通は、好きな女に服を買ってあげることはあっても、男にはないと思うよ。

**松浦** そうですか？

**見城** 松浦はそういうところが、本当に面倒見がいい。だから男にも好かれる。「かわいがってみようかな」と思う男の特徴とかってあるの？

**松浦** 普通に慕ってきてくれるようなタイプですかね。

**見城** 確かにそういうやつは無条件でかわいいよな。

**松浦** ちなみに買い物の話に戻すと、自分でするときは試着して気に入って、そのまま会計するのも忘れて店を出てきたことがありました……（笑）。

**見城** それっていったい、どういう心境なわけ？

**松浦** 行きつけのところとかはお店というより、自分のクローゼットだと思ってるところがあるんですよ。よくないですよね……（苦笑）。

見城　今の松浦の話があまりに豪快すぎて、俺の〝アロハスーツ〟のエピソードがまったく色褪《いろあ》せるよな……（笑）。

松浦　いやいや（苦笑）。

## 誰にも教えたくない料理店

見城　食い物だと、最近はどんな店が気に入ってる？

松浦　僕は基本的にあまり入れ替えがなくて、見城さんともきっとカブっていると思いますけど、和食なら新橋の「京味」や東銀座の「井雪」、ステーキなら銀座の「かわむら」とかです。だから、逆に見城さんの最近のお気に入りに興味がありますね。

見城　西麻布に情報非公開のワインバーがあって、2つの個室で2組しか予約を取らないんだけど、料理もすごければ、向こうが勝手に出してくるワインが本当に素晴らしいんだよ。食事は一人10万円くらいで、ただ、ワインの金額が乗ると、幾らにでもなっちゃう（苦笑）。俺はそんなにお金を使える身ではないんですけど、それでも7、8回は行ったかな。面白いのは、食に興味がなかったり、お酒が飲めない経営者を連れていっても、みんな感動して帰っていく。この20年でナンバーワンかもしれないね。

**松浦** それはすごいな。

**見城** 今度、連れていくよ。

**松浦** ありがとうございます。ところで、見城さんはB級グルメとかは一切食べませんか？

**見城** 「新宿さぼてん」のみぞれヒレかつとか「吉野家」の牛丼なんかは大好きだよ。

**松浦** 「吉野家」は僕もたまに行きますね。

**見城** ラーメンも行くだろ？

**松浦** 行っちゃいますよね。

**見城** 恵比寿に、やっぱり会員制の「GENEI.WAGAN」っていうラーメン懐石があるんだよ。福岡にある「麺劇場 玄瑛」を経営している入江瑛起って男がオーナーなんだけど、平日は恵比寿の店のほうにいて、客から見えるところで、ずっと熱心に麺をこねてる。こっちは「いつになったら食べられるのかな」と思いながら待ってるんだけど、コースの最後に、かなり酔っぱらった頃になって、やっとラーメンが出てくる（笑）。そのせいか、やたらうまく感じるんだけど、同じ客に同じラーメンは絶対に出さないポリシーっていうのも面白い。

**松浦** ハワイの僕の家に一緒に行ったときに、入江さんがラーメンを作ってくれたことがあって、うまかったですね。

**見城** ちなみに、サイバーエージェントの藤田晋が今度、その入江と一緒に六本木に普通のラーメン屋を出すらしいよ。俺が一度、恵比寿の店に連れていって以来、ハマって通っていたらしくて、そういう話になったって。

**松浦** 行列しないでも入れてくれるかな……。

**見城** そこは入れてもらいましょうよ（笑）。

**松浦** そういえば、この間「すしざんまい」に初めて行きましたよ。社員がよく行っていて、「僕たちには高級鮨です」って言うから食べにいってみましたが、おいしいですよね。

**見城** 中華は？　俺が一時期凝ったのは、東京の大井町にある「萬來園」って店。

**松浦** 僕も何度も伺いました。

見城　「萬來園」を知らない読者のために説明しておくと、昼はそれこそB級ともいえるラーメンとチャーハンを出す普通の中華屋なんだけど、夜は8人も座ればいっぱいのカウンターに対して、1、2組しか予約を取らない高級中華料理店になる。しかも、カウンターの向こうの親父が「材料はモンゴルインゲンだけど、煮る？焼く？　炒める？」とか「この蟹はどうする？」「青梗菜はクリーム煮にする？」とか聞いてきて、要するに劇場型なの。品数も際限なく出てきて、「もう食べたくないよ」って訴えても、「いいんだよ、俺は作りたいんだよ！」って言い返されちゃったりして（笑）。補助をしているお母さんも、親父に「トマトがあったでしょ」と聞かれたりしても「あら！　トマト、さっき食べちゃったわ、私」って具合でさ。

松浦　見城さん、今まで最高で何品、食べました？

見城　27品までいって、ダウンしたね。秋元康は33品食べたって言ってたけど。でも、何品食べても2万5千円っていうのがいいよな。飲み物もビールくらいしかないから、ワインとかいつも持参だし。

松浦　見城さんは好きなハワイだと、どんな店に行くんですか？

**見城** ホノルルのアラモアナ・ショッピングセンターにある「VINTAGE CAVE」かな。

**松浦** そこ、ハワイの知り合いに紹介してもらって、今年のGWに僕も行ったことがあると思うんですけど、酔っぱらっていたのか、あまり記憶がないんですよね……。

**見城** 今は誰かの紹介があれば予約できるけど、オープン当初は会員制で、500万円と、驚くべきことに5千万円会員というのもあったんだよ。デポジットで、そこから使った金額が引かれていくシステムなんだけど、きっと一生かかっても5千万円なんて食えないはずだし、内装も洞窟みたいな雰囲気で、ハワイなのに海も空もぜんぜん見えない（笑）。だけど、ピカソの絵がかかっていたり、オブジェも価値あるものが揃っていたりして、つまり、コンセプトがなかなかユニーク。料理も今は、フレンチに和食を取り入れた懐石コースのみで勝負してる。

**松浦** 今度、機会があったら、酔っぱらってないときにでも行ってみます。

**見城** ハワイといえば、日テレの『another sky－アナザースカイ－』に出るんだけど、数年前に前・後編で出演したときはナポリとシチリアだった。今回はハワイで撮ったので、もしかしたら「VINTAGE CAVE」も出てくるかもしれない。

**松浦** 話は変わりますけど、見城さんはフェスとかは行くんですか？

見城　それこそ「ULTRA」とかは、今行かなかったら完全に遅れてるヤツでしょ。去年も、今時の元気のいい企業のトップたちとか、ちょっとしたスターは全員来てたよね。だから、踊りはしないけど、ＶＩＰのボックス席に座って、しっかり見届けてますよ。

松浦　「ULTRA」はエイベックスが制作しているんですが、今年はＶＶＩＰ席の金額設定に一定のドリンク価格が組み込まれていたりして少し変わっていましたね。というのも、去年はドリンクにお金を使うのが、どうしても海外から来ている人たちに偏ってしまったので、日本のお金持ちにもシャンパンを開けてもらって、もっと盛り上がってもらいたいと思って担当者たちがいろいろ工夫したようです。

見城　それはいいアイデアだけど、ボックス席って、誰か素敵な女性を連れていったとしても、他の席のやつらに見られてしまうっていうのが難点だよな（苦笑）。

松浦　来年になってしまいますけど、改善できるか現場に相談してみます！

見

松浦は面倒見がいいから、
男にも好かれる。
「かわいがってみようかな」
と思う男の特徴は？

松

普通に慕ってくるタイプですかね。
服を買ってあげたり、
美容院に連れていったりもします。

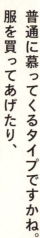

# 朝の時間をどういうふうに過ごしていますか？

the Matsu-Ken talkshow
No.10

松浦　見城さんは、毎朝の楽しみ方とかって、あるんですか？

見城　「どんな服にしようかな」と悩むのは楽しいよ。背広から選んで、その後に考えるのが腕時計。今朝もはじめは黒いリシャール・ミルを選んだんだけど、背広の色が紺系だったので、最終的に腕時計も文字盤が紺色のものにしました。ほんの2、3分のことだけど、けっこう楽しいんです。

松浦　僕もリシャール・ミルは何個か持っています。

見城　デザインが洗練されていて、それでいて工業製品、プロダクトとして美しい。ケースのカーブなんかも、どの時計メーカーにも出せないものがあるよな。

松浦　でも、最近はあまり腕時計をしないですね。スマホで時間を確認できちゃうので。ところで見城さん、今日は珍しく眼鏡も掛けていますね！

見城　10月に「日本　メガネ　ベストドレッサー賞」の経済界部門を受賞したんですよ。他の部門では又吉直樹、片岡愛之助、岸田文雄外務大臣、中村アン、桐谷美玲、乃木坂46の6組が選ばれたんですけど、展示会場を回り終わったら、頂いた眼鏡が50個くらいになってしまって。そういう意味では、背広、腕時計ときて、その次に眼鏡を何にするかっていう楽しみも増えました。ちなみに、松浦は朝、どういうふうに洋服を選ぶわけ？

**松浦** 僕の場合、なんでもそうなんですけど、興味がある時期とない時期にすごく波があって、ここ最近は服にあまり興味がないんです。しかも、僕は見城さんみたくスーツもめったに着ないので、下手すると上はネルシャツみたいな同じような服を選びがちですね。もともと気に入った服は何回でも着るタイプなんですが。

**見城** 例えばスーツだと、どのへんのブランドのものが多いわけ？

**松浦** ジル・サンダーとかジバンシィとかですかね。あまり服について考えたくないときは、逆に「スーツでいいや」って気分になったりもします。

**見城** なんだよ！　俺なんて背広しか着なくて、毎日どれを着ようか、ものすごく考えているのに（笑）！

**松浦** そうでした（苦笑）！

**見城** 一時期、朝、散歩に出てたじゃない？　そういうときはどんな服を選んでたの？

**松浦** ジャージです。でも、帽子とかかぶって歩いてると、端から見たら誰だかまったくわからないと思いますよ。

**見城** 俺も犬が生きていた頃は朝と夜、必ず散歩をしてたんです。でも、一人で歩いていて、万が一危険な目に遭って自分の身に何かあったら会社に迷惑をかけてしまうので、新しい犬を飼うのはやめました。

**松浦** 散歩にまでSPを付け始めたら、もうどこにも行けなくなっちゃいますよね。

## 毎朝、必ずすること

**見城** そうすると、今は朝、何をしてるわけ？

**松浦** 起きたら、すぐに出るようにしています。

**見城** テレビを観たり、新聞を読んだり、ネットを確認したりもしないの？

**松浦** 会社に行くのが遅いときはそういう動きもしますが、基本的には朝は起きたらすぐに出るし、夜も帰ったらすぐに寝ます。

**見城** それじゃ家の意味がないよね。

**松浦** ないですね（笑）。ただ、今は家族が海外にいて、一人で住んでいるせいもあるとは思います。

**見城** 逆に俺は、朝起きると玄関に行って、朝日新聞、日経新聞、日刊スポーツを取り出す瞬間が至福ですよ。仕事柄、出版広告を見るっていう目的もあるんだけど、新聞を持ってトイレに行って、トイレを終えても精読をする。

**松浦** 新聞って、そんなにうれしいものですか？　僕なんて家を出てしまってから「新聞があった」と気づくこともあります。

**見城** ひと通り新聞を読み終えた後は、シャワーを浴びるより湯船につかるほうが好きなので、お湯をためている間にベッドに戻って、テレビをつけて、スマホとガラケーをオンにします。

**松浦** 夜はケータイ、オフにしているんですね……。確かに今朝、見城さんに電話をしたら、つながらなかった。

**見城** 朝、スマホをオンにしてLINEがいっぱい届いていると、うれしい（笑）。

**松浦** 僕は逆に、面倒くさいなって思っちゃいますね（笑）。メールとかも、ショッピングサイトからのお知らせとかどうでもいいものが大半なので。

**見城** 俺はLINEでもメールでも、来たものには短くてもできるだけ、1時間半とか2時間くらいかかりますけど、全部返すようにしています。

**松浦** でも、LINEが朝起きて溜まっていることって、ほとんどないんじゃないですか？　つまり、夜中はあまり来ない。昼間は常に来ますけど。

**見城**　松浦はＬＩＮＥをやってる人が少ないんじゃない？

**松浦**　いや、今はほとんどのやり取りはＬＩＮＥですよ。

**見城**　だとしたら、松浦が返信しないとわかってるから、来ないんじゃない？　俺なんかは昨日の夜の集まりで、帰るときに「じゃあね」と言えなかった人がいて、今朝、その一人に「ひときわきれいだったよ」とＬＩＮＥしたりもしましたよ（笑）。

**松浦**　僕なんかは誰がいたのかすら覚えていないタイプですし、絶対にそんなこと、言えないし、できないです（笑）。本当にマメですね。

**見城**　ちなみに、ＬＩＮＥのやり取りを、自分で最後にしたがる人がいい。俺自身がスタンプ一個でも自分が最後に押さないと気が済まないんです。お互いそういうタイプだと、いつまでたっても終わらないんだけどね。

**松浦**　見城さんと僕はまったくタイプの違う人間なのかもしれません。

**見城**　俺は気にしいというか、自己愛が強いんだよ。他人によく思われたい。だって「ひときわきれいだったよ」とＬＩＮＥをして、「見城さんは、やっぱりそういうところが素敵です」なんて返事が来たら、うれしいし、興奮しますもん（笑）。

松浦　いずれにしても僕の場合、メールでもなんでも、基本的に周囲には〝返事を送らない人〟というキャラで通っています。LINEの「既読」も、特に返事すべき問題がないという意思表示でもありますし。

見城　俺が「既読」のままでいたら、相手に「見城さんに失礼なことを言ってしまったのかな」と思われちゃいますよ。

松浦　そういうものでしょうか。

見城　俺は本当に小さなことに悩み、くよくよし、うじうじし、小石につまずき、後ろ髪を引かれて生きているんです。ただ、世間はそういうふうに見ない。どちらかというと怖い人だと思い、緊張して接してくるから、「ひときわきれいだったよ」なんてLINEをすると、ギャップにキュンとしてもらえたりするわけ（笑）。

松浦　ははははは（笑）。

## 毎日、読み返すもの

見城　ところで、松浦は新聞ではなくて、本とかは読まないの？

松浦　小説とかはぜんぜんですが、経営書とかは読みますね。

見城　一時期、自伝を書こうとしていたこともあったじゃない。

松浦　途中までやってみて、文才がないことがわかりました……。

見城　松浦の場合は、書けない話が面白いんだよ。でも、俺は知っています。松浦が自分に戒めていることをスマホに書き込んで、毎日、読んでいることを。ちょっと読んでみてよ！

松浦　恥ずかしいですよ（笑）。

見城　いいじゃん。こういうときは男らしく、ぱっと言わなきゃ。

松浦　えー……（苦笑）。

見城　じゃ、俺が読むよ。スマホ、貸して。

松浦　お願いします……。

見城　読みますよ！「モテようと思わない」「いい人と思われたいと思わない」「自分のためではなく相手のため」「会社のため、世の中のため」「格好をつけない」「すべては正義のため」「相手の立場に立って物事を考える」「酒に酔った勢いで何かをしない」……。

松浦　本当に恥ずかしいです……。だって、当たり前のことばかりだし、できないから書いているんです。私利私欲は捨てられないし、煩悩だらけだし。

見城　昔はそんな習慣とは無縁の男だったのに、大人になったよな。

松浦　さすがに51歳ですし、「そろそろ変わらないと」と思って。

見城　俺は日常生活の中で読み返すものはないけど、例えばラウル・デュフィの『ニースの窓辺』とか、自分の好きなアートをケータイに保存したりして、仕事の合間にたまに見る癖があります。

松浦　そういうのも、いいですね！　ところで朝の習慣で思い出したんですが、最近、あるクリニックで新種の育毛薬があるって教えてもらって、それを毎朝試してみてるんですが、腕まで毛が生えてきたんですよ（笑）。

見城　それ、毛深い女が好きな俺としては、むしろ女性に薦めたいね。歳を取っても髪の毛のボリュームがキープできている女性はセクシーに見えるよな。

松浦　いずれにしても、いつでもご紹介します！

見

松浦は自分に戒めていることを
スマホに書き込んで、
毎日、気がついたときに
読んでいるよな。

松

当たり前のことを
できないからなんです。
私利私欲は捨てられないし、
煩悩だらけだし。

# 今から勉強を始めるなら、何をやってみたいですか?

the Matsu-Ken talkshow
No.11

**見城** 最近、某有名大学の社会人キャンパスに通ってるって聞いたんだけど、本当なの？

**松浦** 実はそうなんです。

**見城** なんで勉強しようと思ったの？

**松浦** 企業理念やビジョンやガバナンスを、ゼロからつくり直す時期かなと思ったんです。そのためには、世の中の最新の経営学の情報や流行を頭に入れてからやろうと。

**見城** 楽しいの？

**松浦** 楽しいかどうかというより、大学のときは社会人経験がないままに経済学や経営学を勉強してたわけですが、リアリティがまったくなかった。でも、一度社会に出て、ある程度経験をしてから学校に行くと、リアリティがある。実は15年くらい前にも1年くらいかけて同じようにビジネススクールに通ったことがあるんですよね。

**見城** 素晴らしいね。俺なんて人の話を聞こうとか、勉強しようとか、頭をかすめもしないよ。

## 「まぁ、いいか」は堕落のはじまり

松浦　僕も基本的には同じスタンスです。会社をここまでするのに、学問は何も関係なかったですし。

見城　勉強をすることで、経営がなんとかなったりするわけ？

松浦　なんとかなるわけでもないですけど、「企業のブランド価値とは何か」みたいなことが問われている時代に、あと30年、エイベックスがブランドであり続けるためにどうしたらいいんだろうと考える必要があるなと思ったんですよね。

見城　鮮やかな結果を残し続けていれば、企業のブランド価値は失われないんじゃない？

松浦　どんな企業でも利益じゃなくて、最後は社会性が求められると思うんです。「世の中のため」という理念がないと、「なんで今の仕事をやっているんだっけ？」と立ち返ったときに、社員たちが「これはエイベックスらしい」「これはらしくない」と判断できない。

見城　そういう意味では、出版社は直接的にイズムが問われるから、最初から「これは幻冬舎らしい」「これはらしくない」っていうボーダーラインがはっきりしてる。ちなみに、俺の場合は幻冬舎ってブランドに寄りかかっている社員がいると、腹が立つね。「むしろお前が幻冬舎ってブランドをつくってくれよ」と思うけど、本当に何もしないやつっているんだよ。朝もなかなか来ないし、来たと思ったらすぐ打ち合わせに行っちゃうし、半年間一冊も本を生み出さない編集者なんて、いらないよ。でも、うちみたいな規模ならまだ目が届くけど、エイベックスみたく2千人弱もいると、行き届かないよね?

松浦　まったく行き届かないですね。しかも、うちだっていつどうなるかわからないわけですよ。エンタメ業界なんてCDが売れなくなって久しいですし、いつも「来年つぶれてもおかしくない」って思ってます。

見城　俺もそう。出版業界もずっとシュリンクしてるし、1カ月後につぶれてもおかしくないと思ってる。23年目に突入しましたけど、振り返るとよくここまでやってきたなって思いますよ。こんなに未来がない業界で、よく生き残って、ブランドを築いてきたなって、しみじみと感じます。でも、ちょっとでも手を抜いたり、

「まぁ、いいか」って言葉が出てきたら、もうだめだね。ずっと緊張の糸を張り続けるしかない。

## 自分が死ぬまで会社が生き残ってるかわからない

**松浦** 英語もあらためて勉強を始めたんですけど、日本のマーケットがシュリンクしている以上、グローバルにやっていくしかないなと。

**見城** 英語の勉強は大学受験以来、やったことがないし、あまりに受験勉強が大変だったから、英語に限らず、大学でもまったく勉強しなかった。

**松浦** 僕もそうです。いまだに大学の単位が取れない夢とか見ます。

**見城** 見る見る（苦笑）。

**松浦** 聞いた話だと、日本人は社会人になってから一番勉強しないらしいです。海外の人は社会人になってからも普通に大学院に行ったりするのに。

**見城** 勉強するなら、英語だけでなくて、イタリア語もスペイン語もべらべらしゃべれるようになれたらいいなと思うよ。

松浦　半年間、毎日5時間英語を勉強して、最近しゃべれるようになった人に聞いたら「使ってない脳が回ってる感じがする」って言ってました。お酒を飲んでも酔っぱらい方が違ってくるというか、妙に酒が回るようになるみたいですよ。

見城　いずれにしても、勉強をし直す松浦の責任感はすごいと思うよ。

松浦　どこかで会社を辞めて、このまま逃げ切れないかなとか考えましたけど、絶対無理だなという結論にたどり着きました。仮に辞めたとしても、誰も寄ってこなくなるだろうし、何十年生きるかわからないけど、一人になって何かをやっていけるタイプじゃない。となったときに、今の会社が僕が死ぬまで生き残っていけるほど、世の中は甘くない。今は変化のスピードも速いんで、あっという間にワールドスタンダードの会社に根こそぎ持っていかれるだろうなと。そのうち、みんな外資系の社員になってもおかしくないんじゃないかと思います。

見城　現状の勉強の成果として、考え方に厚みができたり、大局的になったり、集中力が増したりってことはあるの？　松浦って人間が勉強をして知識を得ることで判断力が増し、ひいては経営に役立って、実戦に返ってくる快感はある？

松浦　今の僕の仕事はオーディションやったり、「この子は売れるかな？」と考えたりすることだったりするので、どうなんでしょうか……。ただ、ビジネスの話をされたときの理解度は高くなった気がします。

**見城** それはいいことだね。

**松浦** ただ、本を読むことも勉強の一つですから、見城さんの場合は出版という仕事そのものが常に勉強なんだと思いますね。

**見城** 確かに小さい頃から本だけは読んできたよ。人間は言葉がないと思考できないし、本を読むことでたくさん言葉を獲得し、思考を活字に整理して自分の頭の中に入れておくことができるようになった。ところで、今日はワインの話をしようと思って来たんだよ！

**松浦** すみません。僕の勉強の話になっちゃって（苦笑）。ちなみにソムリエの試験も日本は丸暗記が試されるけど、海外はオリジナルで適切なワインが提案できるかが求められるって聞きました。

**見城** そういえば、一瞬だけど、ワインは勉強しようと思ったことがあるよ。場数だけは踏んでいるから、本格的にわかるようになったらいいなと思って。

**松浦** 見城さんはワインの好みがはっきりしてますよね。

見城　俺はブルゴーニュが好きで、造り手なら「ルフレーヴ」「コシュ・デュリ」「DRC」「コント・ラフォン」「ルロワ」「ラモネ」「ドーブネ」「ソゼ」あたりが好きですよ。DRCを除けばほとんどが白ワイン専門の生産者です。でも、逆にいうと40年も飲み続けてきて、そんな程度しか知らない。勉強したとしても直接会社が儲かるわけじゃないし、快楽が増すわけでもないから、やる気にならなかった（笑）。ちなみに、松浦はボルドーの「パビオンブラン」が好きだよね。

松浦　好きっていうか、僕の場合は飲まないとしゃべらない（苦笑）。

見城　今日はしらふでもけっこうしゃべったじゃない！　ってことは、よっぽど勉強に興味があったってことだね。

松浦　いやいや（苦笑）。

見城　ただ、松浦と20年ぐらい付き合ってきて、こんなに何かを勉強してる姿を見たことがないよ。

松浦　一時期ハマってたカメラも釣りも、僕にとっては勉強っちゃ勉強なんです。探求していくときは、それしか考えられなくなる。そういう意味で、今回の勉強はまだそこのレベルにはいってないと思います。楽しくなってない。

見城　俺はセックスを極めたいですよ（笑）。歳を取るってどういうことかというと、自分の好きなセックスに忠実になっていくってことなんです。誰にでも性の秘密はいろいろあると思うけど、若いときはタイプじゃない人とできても、歳を取ると自分の好きなタイプにしか欲情しなくなる。

松浦　今までに全部が適合する人っていたんですか？

見城　いましたね。

松浦　引きずりませんでした？

見城　引きずりました。

松浦　そうなりますよね。

見城　いずれにしてもセックスも勉強ですよ。興奮してるから、はかどる（笑）。

松浦　まぁ、でもそのへんの男子に関してはほとんどのやつがセックスすることで精いっぱいで、そこから先の追求はしないで終わるんじゃないですか。結婚したら、なかなか勉強できない分野ですし（苦笑）。

見城　結婚しても終了しない人は……。

松浦　それはお金と時間がありすぎるか、おかしいか、どっちかです（笑）！

見

ちょっとでも手を抜いたら、
もうだめだね。
ずっと緊張の糸を
張り続けるしかない。

松

日本のマーケットが
シュリンクしている以上、
グローバルにやっていくしか
ないと思います。

# パーティは好きですか？

the Matsu-Ken talkshow
No.12

見城　いきなりだけど、俺はたとえ5分でも待ち合わせに遅れてくるやつが嫌なんだよ。テレビ関係者とか芸能人、クリエイターとかファッション業界とかに本当に多いけど、相手の遅刻が原因で絶縁したやつが何人もいるよ（笑）。

松浦　最近、誰かにものすごい遅刻をされたんですか……（笑）？

見城　そういうことでもないんだけど、そもそも、待っている人のことを想像できない人が嫌なの。仮にこっちが遅れたとして「あの人が15分前から俺を待っている」と思ったら、たまんなくない？

松浦　僕は基本的に遅れたことがないんで。指定された場所には早めに着くようにしていて、車の中で待ち合わせの時間を待って、1分前くらいに出るようにしてます。

見城　確かに松浦は絶対に遅れないよな。

松浦　見城さんに鍛えられてますから（笑）。

見城　あと、知り合いに「誰々さんが見城さんに会いたがってて」と言われて、しょうがないから時間を捻出して会ってみるんだけど、「えっ、実際はそんなに会いたくなかったんじゃないの？」みたいなのも嫌だよな。

松浦　僕はそもそも「誰かが会いたがってる」と言われたところで、会わないですね。

**見城** 誰かと誰かをつなぐといえば、松浦を東京都知事時代の石原慎太郎さんに初めて会わせたときは本当に驚いたよ。銀座の「京味」の個室で飯を食ったんだけど、松浦が後ろを向いてケータイでメールを打ち出して、俺が「おい、こっち向けよ」って言ったら、石原さんが「こういう失礼なやつも面白いじゃないか。君はいいよ。なかなか天衣無縫だな」とかフォローしてくれて。

**松浦** ありましたね。

**見城** しかも、松浦が酔っぱらってきて、石原さんと親しい共通の知り合いを引き合いに出して「俺とあの人のどっちが大事なんだ?」って迫ったりして、ひっくり返りそうになったよ。でも、そこで石原さんが「おまえのほうが大事だよ」って言ったんだよな。松浦と初対面なのに。

**松浦** 酔うと、そういうことを言いたくてしょうがなくなってくるんですよね(苦笑)。

**見城** 松浦としては「おまえだよ」って言わせたかったわけだろ?

**松浦** 僕としては「○○さんと僕のどっちが好きですか?」って確認しただけなんですけど……。

**見城** ただ、松浦って男は実際はものすごく周りに気を使うし、酔うと「この人にそれを言ってはいけない」という制御心がなくなってしまうのは、ある意味でピュアだからだと思うんだよ。あと、ものすごく酔っぱらっているのに「ここまでは許してくれる」っていう勘がすごくて、一流の人であれば、それが単なる悪態じゃないってことがわかる。

**松浦** 逆に見城さんは、酔ってもあまり変わらないですね。

**見城** 俺は酔ったことがほとんどないね。何だか知らないけど、酒だけは本当に強い。だけど、俺の場合は「今日は決闘だ！」とか心を決めて飲みに行くってことはあるよ。

**松浦** それはそれで、見城さんも相当だと思います（笑）。

**見城** 昔はそれこそ本当に殴り合いながら飲んでたよ。

**松浦** さすがです（苦笑）。

## パーティ、記念日が大嫌い

**見城** ところで、松浦はパーティとかは好き？

松浦　好きとか嫌いっていうより、ほとんど行かないですね。

見城　俺はパーティとか記念日とかクリスマスとかが大嫌いなんだよ。誕生日の12月29日も毎年ハワイに逃げているんだけど、何年も前からGMOインターネット代表の熊谷が、俺のバースデーパーティをやるためにハワイに追いかけてくるようになって。

松浦　そのハワイでのパーティ、僕も何度か参加させてもらったことがありますけど、本当に手が込んでますよね。

見城　そうなんだよ！　最初の年なんて、熊谷からボタンの付いた装置みたいなのを渡されて、スイッチをオンしたら突然ワイキキ沖で大量の花火が上がって、「ホノルル中が兄貴の誕生日を祝ってます！」みたいなことを言われてさ（笑）。20分くらい続いて、ハワイの年末の花火より大規模なんだよ。ワイキキのホテルに泊まっていた人たちが花火大会が始まったと思って、ビーチとかにぞろぞろ出てきちゃったりして。2年目のときなんて、秋元康が「男の友情に感動しました」って泣いてくれたりして。あいつ、実は熱いやつなんだ（笑）。

松浦　それはまた、けっこうなエピソードですね。

見城　他にも全米のベスト3に入っているマジシャンを毎年呼んでくれたり、目隠しをされた状態でプライベートジェットに乗せられてラナイ島に連れていかれたり……。さっきの花火の話も「3カ月前からホノルル市と交渉していた」って言うから、俺が「いくらかかったんだよ」と聞いたら、「知らないほうがいいですよ」って。

松浦　経済効果が上がるから、ハワイじゃなくて、たまには日本でもやってください。

見城　ただ、日本でやるとなったら、誰を呼ぶとか呼ばないとかっていうところが、別の意味で大変になってくる。いずれにしても、俺はパーティが嫌いなんだよ……！

松浦　よくわかりました（苦笑）。

見城　パーティに行くと必ずいる人も嫌だね。ああいうやつらはパーティに出席してるってことで、自己確認をしているところがあるよな。

松浦　パーティに行くのがうれしい人は、行かないほうがストレスなんでしょうね。僕は挨拶とかされるのも、おっくうですけど。

見城　ただ、お互い目が合ってるのに挨拶に来ないってケースは、まずいよ。某若手政治家を支援している某社長がいるんだけど、「パーティでその政治家に会っても、自分にまったく挨拶がない」って怒ってて、俺がその政治家に「なんで、挨拶しないんだよ」って聞いたら、「社長は他の方々とのご挨拶もありますし、僕なんかが挨拶に行って下手に時間を取らせるのも申し訳ないと思った」って。

**松浦** そういう話を聞いてしまうと、パーティはますます行かないに限りますね。

## 必ずウケる結婚式のスピーチ

**見城** 松浦は結婚披露宴とかは行くの?

**松浦** 「スピーチをしなくちゃいけないなら、行かない」ってことにしてます。そもそも、よく知ってる人じゃないとできないですし、嘘を言わないといけないのが嫌で。

**見城** 俺はこの10年間、月に一度のペースで結婚披露宴に呼ばれて、お祝いを包んで、土・日のどっちかを奪われて、スピーチまでして、こんなストレスはないですよ! ただ、何も頼まれないと、それはそれで寂しいんだけどね(苦笑)。

**松浦** 見城さんは話が面白いからしょうがないですよ。盛り上げるコツとかってあるんですか？

**見城** とにかく笑わせて、場を和ませる。最近よく話すのは「結婚というのは、これから先は他の異性を決して好きにならないし、相手以外とセックスもしないという約束です。つまり、人生の墓場です。大変ですね」と前置きした上で、「人生には5つの場があります。今は『見せ場』です。ただ、そのうち『修羅場』もあれば『土壇場』もあって、『正念場』も出てくる。そして、最後は『墓場』に入ります。結局は『墓場』に一緒に入るんだから、すべては忍耐です」とつなげる。

**松浦** さすがですね。

**見城** もう一つは「この5年間、俺が結婚披露宴でスピーチをしたカップルは50組います。成績は20勝26敗、4別居中です。だから、俺が話すと半分以上は離婚するというジンクスを、あなたたち夫婦は打ち破ってください」って話。

**松浦** それはウケるでしょ（笑）。

**見城** 必ずウケるね（笑）。でも、さすがに3回くらい話したら、もう使えないですよ。出席者がかぶってて「また同じ話をしてるな」って思われたらやばいもん。

松浦　ところでスピーチの後、自分の席に帰ってきて、周りから何も言ってもらえないと、寂しいですよね。

見城　そうなんだよ。感想の言い合いこそ人間関係の最初の一歩で、誠意とはスピードなのに。「あのスピーチ、よかったですよ」って明後日になって言われたところで、うれしくもなんともないよ。

松浦　ちなみに、スピーチのネタは事前に考えるわけですよね？

見城　前日とかにね。

松浦　僕はやるとなっても、1ミリも考えないですね。ぶっつけ本番。

見城　社員の結婚披露宴とかは「ここまで出る」とか決めてるの？

松浦　よっぽど近い社員とかは、例外的に出ますけどね。

見城　俺は例外すらつくらないで、出ないようにしている。

松浦　それで正解ですよ。見城さんの場合、今ですら月イチのペースなのに、社員のものに出始めたら、スピーチが仕事になっちゃいます！

見

感想の言い合いこそ
人間関係の最初の一歩で、
誠意とはスピードだと思います。

松

披露宴でスピーチをしたのに、
その場で感想がなかったりすると、
つらいですよね。

# いくつになっても
# 勉強をする
# べきですか？

the Matsu-Ken talkshow
No.13

見城　英語の勉強のほうはどう？

松浦　スタートして2カ月、朝7時から8時間ぶっ続けでレッスンする日もありますけど、楽しいですよ。That's so interesting（笑）！

見城　楽しいっていうのがすごいよ。俺は大学受験で懲りちゃって、二度と勉強なんてしたくないと思ってここまで生きてきたから（苦笑）。

松浦　僕も初めは無理矢理やらされていた感じでしたよ。

見城　英語で話すと、思考の仕方って変わるもの？

松浦　ぜんぜん変わりますね。すごくエモーショナルになるし、ネガティブじゃなくなります。ちなみに、この間も日曜日に陽気な英語で仲間に電話をしまくったんですけど、誰が英語をしゃべれて、誰がしゃべれないか、わかってしまいました……。

見城　俺には絶対に電話してこないでくれよ（苦笑）。

松浦　社長室にも英語の先生の机を用意して「みんなもやれ」って方向にもっていこうと思ってます。飲み屋に行っても「英語をしゃべれる人を呼んでくれ」と言って、ずっとしゃべってますし。

見城　それは女の子がいる店に行く理由にもなるね（笑）。

松浦　いやいや（笑）。ちなみに英会話とは別に、去年の秋から役員を中心にしたメンバーで経済や経営を勉強するスクールにも行ってるんですけど、週末は毎回そいつらと軽井沢で合宿もしていて、コンサルティング会社から講師を招いて話を聞いたり、議論をしたり。

見城　合宿では何を議論するわけ？

松浦　20人が5人ずつ4チームになって、与えられたいろいろな課題を討論して、発表して……の繰り返しです。例えば、生産性の問題はどうだとか、10年後に売り上げを10倍にするには何をするべきかとか。

見城　俺はいまだにMBAを取りに行く人の気持ちすら、わからない。

松浦　逆に僕はアメリカの大学院に行ってMBAを取ろうか、真剣に悩んでますよ。

見城　今朝の日経新聞にMBAのスクールランキングが出てたけど、1位がINSEAD《インシアード》っていう、フランスとシンガポールに拠点があるところで、初めて首位に立ったって書いてあったよ。

松浦　イギリスのフィナンシャル・タイムズがまとめたというランキングですよね。僕も読みました。ハーバードが2位に落ちたって。

**見城** 本当にMBAを取りに行くわけ？

**松浦** まあ、僕がMBAを取ったって、しょうがないですよね（苦笑）。

**見城** そうは思わないけど、勉強をしていて、どこにいちばん、楽しみを感じる？

**松浦** 知らない会社のケーススタディをすると、「この会社、実はこういうことをやってたんだ」と思って、純粋にもっと知りたくなるんですよね。

## 会社には詩人と科学者がいるのが理想的

**見城** でも、要はどんなビジネスでもヒットさせて、売れればいいわけでしょ？

**松浦** 確かに今まではすべてが計算どおりなんてことは決してなくて、結果うまくできてきたという部分もありましたけど、エイベックスも1600人規模になって、「会社のヴィジョンを先に決めろ」ってことになると、さすがに勉強したほうがいいんじゃないかと思って。

**見城** 学校に通うと、そこからぐんと優秀になるのかね？

松浦　そこは、学校の教授やコンサルタントに対して「そんなに優秀なら、自分で会社をやればいいのに」と思ったところで……というのと近いのかもしれないですけど、学ぶことそのものは、決して無駄にはならないんじゃないかなと思います。

見城　俺は松浦みたいに、誰を売り出して、どんな歌を作って、どのメディアでどうプロモーションをしようか……っていう感性の商売のところは、やっぱり教えてもらってできる部分じゃないように思うね。

松浦　感性を鍛えないで、財務が弱いからといって財務ばかりを強化したところで、会社が上向きになるかというと、逆にだめになったりもするんでしょうね。

見城　いずれにしても、ホンダ（本田技研工業）の創成期に本田宗一郎というロマンティストと藤沢武夫というサイエンティスト、ソニーなら盛田昭夫というロマンティストと井深大というサイエンティストがいたように、会社には詩人と科学者の両方がいるのが理想的なんだと思う。俺も幻冬舎をつくったとき、よく言われたよ。

松浦　参謀という意味では、戦略やマーケティングの担当、財務担当に優秀な人を置けるかどうかっていうのも大きいと思いますね。

見城　確かにそこは要だね。

松浦　今までは恵まれてきましたけど、それでも、僕なんかは常に「いつホームレスになるかわからないな」とか、いま南青山の本社ビルを建て替えていますけど、「完成する頃には会社はないかもな」という最悪のケースを想定した仕事をしていますよ。

見城　松浦は最悪を想定して、最上をイメージするロマンティストなんだよ。ちなみに、そこも英語で考えたら、最悪な発想にはならないんじゃない（笑）？

松浦　確かに（笑）。

見城　たぶん、英語には必ず「I」という主体があるから、前向きになれるんじゃない？　昔「僕は、愛する、君を」みたいな、英文詩を朗読するように話す某人気ミュージシャンがいて、「ちょっと変だけど、でも、ものすごくかっこいいな」と思ったことがあったけど、要するに彼は日本語を英語の構文に置き換えて話していたんだよ。

松浦　なるほど。

見城　ところで、学校通いはいつまで続けるの？

松浦　2016年2月末までです。ただ、ビジネスの本を読んで、ケーススタディをして、あの会社はこんなだとかあんなだとかいう話をして、結局は「自分が考えていたり、考えてきたりしたことと一緒だった」って、安堵しているところもあるんです。サイバーエージェントの藤田に「野性の勘を忘れないでくださいね」とか言われたりしましたけど（笑）。

見城　そうだよ、大事なのは、野性の勘だよ！

松浦　見城さんは余計にそう思いたいんじゃないですかね。勉強したくないから（笑）。

見城　そうだよ、俺は勉強したくないよ（笑）！

## 別荘をどこに建てるか問題

松浦　ただ、見城さんの場合は早起きして、本や新聞を読んだりしてるじゃないですか。僕なんか英会話もやらず学校にも行っていなかったときは、遅くまで飲んでるひどい生活でしたから。

見城　そう言いながらも、エイベックスのような上場企業の社長は、品行方正でないといけないし、公序良俗に反しちゃいけない。松浦はよくやってると思うよ。

**見城**　そんな……品行方正なんて柄じゃないですけど（苦笑）。

**松浦**　それに上場してると、3カ月に一度、業績を開示しないといけないから、株主に何か言われないために足元の利益を出そうとしてしまって、長期スパンで何もできなくなる怖さもあるよね。

**見城**　それはあるかもしれないです。

**松浦**　ちなみに、成功して潤った起業家が今、京都に家を買うのがちょっと流行ってない？

**見城**　そうなんですか？

**松浦**　彼らの習性として、不動産だとだいたい、まず軽井沢に買って、次にハワイに買うんだよ。この二都市の共通点は、軽井沢は新幹線で1時間10分、ハワイは飛行機で6時間とアクセスがよくて、買い物天国で、ゴルフもやりたい放題で、うまい店がいっぱいあって、自然と都市が同居しているってこと。その後、今度は湘南に買って、その次に京都に買うって人が出てきてる。

**見城**　どんな物件を買うんですか？

見城　やっぱり鴨川沿いが人気だよ。
松浦　僕は嫁さんの実家があるから、必要ないかなぁ……。
見城　俺も京都ならば家を持つよりは、それなりの値段がしてもホテルとかに泊まりたい派なので、今のところ購入予定はないけど、買っておくと晩年にいいかなとは思う。神社仏閣があって、何より、粋だしね。
松浦　ただ、京都は空港がないし、東京からだと距離があるので、さっき見城さんが言っていた「アクセスがいい」という条件には当てはまらないのかもしれないですね。
見城　あと「真冬になってまで、軽井沢の別荘に行くのは苦しい」って言ってる起業家がいたけど、行ける季節が限られてくる場所に持つのも、しんどいよな（笑）。
松浦　不動産は振り回されない程度に持ちたいところですね（笑）。
見城　松浦はせっかく勉強した英語が役に立つ海外に買ったらいいよ。どこにいても日本語が通じるハワイとかじゃなくて。
松浦　それこそ、買ったところで遠いと、通わなくなりそうな気がします（苦笑）。

見
感性の商売のところは、
教えてもらってできる部分じゃない。
大事なのは「野性の勘」だよ。

松
見城さんは余計に
そう思いたいんじゃないですか。
勉強したくないから（笑）。

# 会社の在り方をどう考えていますか？

the Matsu-Ken talkshow
No.14

**見城**　ビジネススクール通いは、さすがに一段落したの？

**松浦**　なんとか無事に終えて、今は「現業に当てはめて学んだことをいかに生かせるか」という工程に入ってます。

**見城**　大改造になるわけ？

**松浦**　たぶん、けっこう変わると思います。

**見城**　松浦はビジネスだけでなくて英語の勉強も始めたりしてたけど、社内の公用語を英語にするとかも考えたりしてるの？

**松浦**　そこまでは言いませんけど、社員のＴＯＥＩＣのスコアとかは見るかもしれませんね。

## 他者への想像力があれば、結果は出せる

**松浦**　ところで、幻冬舎はどういう社員を採用してるんですか？

**見城**　俺にはない色を持ってる人に尽きるね。自分にできることをやってくれたところで、俺のほうが勝つに決まってる。

松浦　そこはおっしゃるとおりです（笑）。

見城　うちは新卒を採用してなくて、それでも毎年、東大とか京大とか早・慶とかの学生から応募があるんだけど、偏差値より大事なのは、人の気持ちをつかめる人間かどうかだと思ってる。編集者に限らず、仕事なんて自分の思ってることを人を動かして、どう実現できるかでしょ。そういう意味で、他者への想像力がある人は何をやっても結果を出せる。あと、自分に何かを課すことができて、バーを高く設定できるっていうのも大事。

松浦　ラクなことをしてても、結果なんて出ないですよね。

見城　ちなみに、他者への想像力が高学歴の人は意外とないのかなと思うことはよくあるね。実際、幻冬舎で活躍してるのは、明治学院大学の出身者が多いし。

松浦　明治じゃなく、明治学院大学なんだ。

見城　一度「明治学院大学のやつらは、なんでこんなに優れているんだろう」と考察したことがあるんだけど、「明治大学だと勘違いしてほしい」という願望で大学を選んでいるところもあるのかなと（笑）。だから、そういう自分の見栄に追いつこうと思って、社会に出てから頑張るんじゃないかって。

松浦　なるほど（笑）。

見城　エイベックスは？　今後は採用の仕方も変わるの？

松浦　変わるかもしれないですね。今まではどちらかというと感覚的な人寄りに採用してたから、もう少し論理的な人も採らないと。

見城　人材こそ宝ですよ。

松浦　ただ、組織では「利益を稼いでいる2割の人間が、残りの8割を食べさせてる」ってよくいわれますよね。

見城　現実はまったくそのとおりだよ。あと「1：3：6の法則」っていうのも、よくいわれるよね。1が全然ダメで、3がよくできて、6が普通の人で組織は成り立っていると。でも「明らかにダメ」って社員を排除してしまうと、ものすごくできるやつらに、ちょっとしたゆがみが出てくる。できないやつらがいるから、できるやつが生き生きするってこともあるから。

松浦　全部をできる人にしちゃうと順番が付かないから、活性化はしないですよね。

見城　ところで、松浦は「会社を辞めてくれないかな」って人がいたときに、どうしてる？　定年までいてもらわないで、早くお暇《いとま》してもらいたいなって人とか。

松浦　逆に見城さんは？

見城　「辞めてくれ」と言いやすい人は、辞めてもらいますよ（笑）。退職金を増額したりして。

松浦　残す人は言いづらい人なんですね。

見城　そうなるよね。あと、松浦は社員の評価はどうしてるわけ？

## すべて自分で見ておかないと気が済まない

松浦　そこも、これからいろいろと見直さないとだめだなと思ってます。今は上司が部下を評価してるんですけど、それって少し古いやり方で、最近よく取り入れられているやり方として、同僚も評価する。上だけでなく、横にいるライバルとか、360度から一人を評価するっていうのが大事かなと。例えばいい結果に対して、本当に一人が出したのか、その一人を裏で支えた人が出したのか……。上からの評価だけだと、それが見えないことが多い。

見城　「公論は敵讐《てきしゅう》より出づるに如かず」という中国の古い言葉があって、〃その人の評価はライバルがするものだ〟っていう意味なんだけど、そのライバルっていうのを、俺は今の今までずっと、敵方の会社だと思ってた。でも、今の松浦の話を聞いて、むしろ身内の中にいるライバルを意味しているのかもしれないなと初めて思ったよ。実際、どっちの意味にも読めるし。

**松浦** 妬みでわざと悪い評価を与える身内がいるかもしれませんけど、そういうやつの周りからの評価は、きっと大したことはない。

**見城** あと、社員の平均年齢ってどれくらい？　うちは会社ができて10年目くらいまでは30歳くらいだったけど、今は42～43歳くらいになってきちゃって。

**松浦** うちも順調に歳を取っていて、いま40歳くらいですね。

**見城** 新卒はどれくらい採るの？

**松浦** 18人です。

**見城** うちも採りたいとこなんだけど、歴史ある伝統的な出版社と戦うためには、新人では即戦力にならないんだよ。本当は最低でも二人は採って、ライバル関係にしたりしながら、育てていかないとだめなんだけど、そんな余裕はない。使いものにならない社員を出向させる子会社もまだ少ないし、苦労してるよ。だから、アルバイトで採用して、何年か見て、いいなと思う人を採用している。うちみたいな規模の会社にはそれが一番だってことを、創業から23年かけて学びましたよ。

**松浦** 逆にうちは1600人近くいるので、僕の目だけではもう追えないんです。社内のイントラネットとかもあるけど、もっと活用方法があるはず。まぁ、そういうところも僕が自分で入っていって改善していこうかなと思ってます。

**見城** なるべく自分の目で見えるようにしておかないと、危険だよ。

**松浦** そういうものなんだと思いますね。

**見城** ただ、俺の場合は全部見てないと気が済まないっていうのもあるんだよ。日々の売り上げも営業から全部上げてもらって、紀伊國屋でも文教堂でも、どの本がどれだけ売れているかを1時間ごとにチェックしてる。例えば、今うちで売れてる石原慎太郎さんが田中角栄を書いた『天才』って本が、どの書店グループで何冊売れているか。その結果を見るのが、俺はすごく楽しいんだよ。もう病気みたいなもの（苦笑）。だから、常にヒットしてる本がないと、生きていけない（笑）。

**松浦** 見城さんは、幻冬舎から出る本すべての初版の部数も決めてるんですよね。

**見城** 部数に限らず、全部俺が決めてる。でも、それだと自分がやる領域が大きすぎて、後継者が育たないんだけどね。

**松浦**　小保方晴子さんの『あの日』って本は売れてるんですか？

**見城**　『天才』とほぼ同時に出版されたんだけど、お互い抜きつ抜かれつで、そういうことにいちいちヒートアップするのが、もう大好き（笑）。ちなみに『おやすみ、ロジャー』っていう、子どもがすぐに眠たくなる絵本も売れてる。

**松浦**　思い出したんですけど、ちょっと前に見城さんや石原さんとかとメシを食ったときに「書いてみよう」って話になってたのが『天才』って本ですか？　だとしたら、石原さん、すごい速筆ですね。

**見城**　もともと集中力がものすごい人なんだけど、その昔、政治家時代は田中角栄批判の急先鋒だったわけで、83歳であらゆる田中角栄の本を読み込んで、あっという間に書いちゃった。

**松浦**　書くことが苦にならないんですね。

**見城**　石原家といえば、この間いろんな雑誌に〝見城が総理に働きかけて石原伸晃を大臣にした〟とか書かれたんだけど、俺がそんなことを決められたら、日本もいよいよダメでしょ（笑）！

松浦　訴えるんですか？

見城　〝……という話がもっぱらだ〟ってなってるから訴えられないけど、俺も松浦も、まったく違う事実を流布されるから困る。松浦はひどい遊び人のように書かれるし、俺は裏で怪しげなフィクサーをやってるみたいに思われてる。何かの裏には必ず見城がいる、みたいな……。

松浦　ひどいですよね（笑）。

見城　ウソでも伝説があることで仕事がやりやすくなるってこともあるけど、生身の人間だから傷つくよね。まぁ、世の中に出ていくっていうのはそういうことですよ。

松浦　見城さん、そのうちテレビのコメンテーターでもされたらどうですか？

見城　俺は俺が主役じゃなければ出演しないんだよ（笑）。

見

ライバルは
敵方の会社にいるんじゃなくて、
むしろ身内の中にいると
考えることもできる。

松

一人の人間の評価も
上司だけでなく、
横にいるライバルにも
させるっていうのが大事です。

# 次に来る起業家はどの分野の人たちですか?

the Matsu-Ken talkshow
No.15

見城　いきなりだけど、ここ最近、聴きまくっているアルバムがあるんだよ！　2013年に急逝した大瀧詠一の『DEBUT AGAIN』っていう、彼が名だたるアーティストに提供した曲のカバーアルバムなんだけど、1曲目の小林旭の「熱き心に」からもう落涙して、ほかに松田聖子の「風立ちぬ」もラッツ&スターの「夢で会えたら」もたまんないし、とにかく、大瀧詠一が日本ポップスの源流だってことがわかる。

松浦　僕、詳しくは知らないんですよね。

見城　そうなんだ。ただ一度聴くと、大瀧詠一がいなければ、山下達郎も竹内まりやも、鈴木雅之も大貫妙子も、細野晴臣や佐野元春ですらいなかっただろうってことがヒシとわかるよ。僕は今まで日本のポップスのアルバムの最高傑作は、やっぱり大瀧詠一の『A LONG VACATION』（1981年発売）だと思っていたんだけど。

松浦　プールサイドにヤシの木がある、ちょっと派手なジャケットでしたっけ。

見城　そう。「く〜ちびる〜、つんと〜、とがら〜せて〜」のフレーズが有名な「君は天然色」とかが入ってる。ほとんどの作詞を松本隆がやってて、これもいいんだよ！

松浦　今日の見城さんはやけに説得力がありますね……（笑）。

見城　ぜひ、聴いてよ！　ただ、松浦は若い頃からダンスミュージックに熱狂してたわけだから、好きじゃないかもしれないけど。

松浦　聴いてみます。

見城　ちなみに、松浦は今、気に入って聴いてるアーティストとかはいないの？

松浦　僕の場合、みんなが知らない曲なんですよ。

## 「起業」や「上場」が目的になるのはおかしい

見城　いずれにしても、松浦みたく好きなことを仕事にすると、多くの人に知らせたいと思って頑張るから、苦難を突破できる。

松浦　当時は「僕よりダンスミュージックのことを知ってるやつはいない！」っていう、根拠のない自信だけでやってましたけど、今だとネットとかでもっと詳しいやつがすぐに出てきて、難しいだろうなって思います。昔も僕より詳しいやつなんて、いっぱいいいたと思うんです。でも、ネットがなかったから「やったもん勝ち」みたいな。

**見城**　ただ、「詳しい」より「好き」が松浦に勝《まさ》ってるやつはいなかったんじゃないかな。あと「好き」を「ビジネスにする」って発想も、他のやつらにはなかったと思うよ。

**松浦**　確かに「好き」の延長ではなく、「起業をしよう」とか「社長になろう」が先に来ている人が最近は少なくない気がします。

**見城**　俺も「上場したいと思って起業したいんですけど、どうしたらいいですか?」ってやつにたまに会うけど、バカじゃない? って思うよ(苦笑)。逆でしょ。夢中になってやっていたら、社長になって上場していたっていうのが正論なわけで。

**松浦**　僕もそういう人には興味がないですね。

**見城**　あと、若い起業家で「上場していっぱいお金は入ったけど、何に使いたいというわけでもなくて、ずっと小さな部屋に暮らしてる」みたいなやつがいたとして、俺はそんなのとは付き合いたくないね。

**松浦**　お金をどう使うかっていうのは、その人の品格でもありますから。

**見城**　いいこと言うね!

松浦　20代後半から30代までの若くて才能豊かな経営者に会いたいですよね。

見城　俺もそう。有能で、努力もしてて、センスのある若いやつに投資したいですよ。そして上場してもらって、儲ける（笑）。

松浦　僕もそこは否定はしません（笑）。それと、自分はもう若くないことに気づいたというか、自分が30歳くらいのときに50歳くらいの方々によくお会いしていたので、僕ももう下からそういう感覚で見られる年頃なんだと思ったら、上の世代より下の世代で、いい作用をしてくれる人がいないかなと。

見城　ただ、人間そんなに若くして成功できるものでもない。松浦にしてもレコードを輸入して売ってた時期があって、サイバーエージェントの藤田だって営業に明け暮れてた時期があったわけで。何が言いたいかというと、厳しい苦難の時代をくぐり抜けて成功する人は一握りであって「簡単に起業なんかしないほうがいいよ」ってこと。

松浦　まあ、でも、今の若い人たちは、すべてにおいて発想や考え方が違うんだろうなとは思います。

## これから有望なビジネスとは

**見城** 分野でいうと、ＩＴの産業革命が一段落して、次は人工知能や、ミドリムシみたいなバイオ系の起業家の時代になる。あと「シェアリング」も来ると思う。車でも家でもラグジュアリーブランドも、今の若い人たちは買わないでしょ。

**松浦** 本当にそうですね。

**見城** 一時期、法規制が解けて派遣会社がばっと出てきたときみたいに、シェアリング業も法の縛りが緩やかになったら、途端に火が付きますよ。民泊なんかでも儲ける起業家が出てくると思うよ。

**松浦** レンタルは商売してる人が貸すけど、シェアリングは個人が個人に貸すわけで、でも、起業する人がいて初めて成り立ちますもんね。

**見城** そのとおり。万が一、シェアハウスで誰かが事故を起こしたときの責任のあり方とか、ビジネス化にあたってのリスクに対してどんなスクリーニングをかけるかも、起業家が考えないと。

松浦　見城さんは、家とか別荘を誰かとシェアするとかっていうのは、アリなんですか？

見城　興味ないね。別荘とかを登録して、誰かとシェアすればお金は入ってくるかもしれないけど、そんなことをしてまで……って思うよ。

松浦　高級時計とかも、そのうちシェアする時代になるんじゃないですか？

見城　確かに何本か持ってる人は、休眠させてる時計もあるだろうし、高級車とかもシェアリングになっていくだろうね。

松浦　ところで、ぜんぜん話は変わるんですけど、最近何の本を読んでいいか、わからなくて……。そういう情報を紹介してるネットのサイトとかはないんでしょうか？　今は新聞の書評欄や出版広告とかから情報を取ってますけど、当たり外れが……。アマゾンの書評よりももう少し詳しくて長く書いてあるとか。

見城　「HONZ（ホンズ）」とかは？　過去3カ月以内に発行されたノンフィクション本を厳選して紹介してるサイトだけど。

松浦　それ、見てみます。

見城　雑誌だと、KADOKAWAが月額400円とかで70誌以上が読み放題になる「d

マガジン」というサービスをやってるけど。各雑誌のいいところを紹介して、儲かってる。

**松浦** 雑誌とかは最近あまり読んでないですね。

**見城** いずれにしても、新聞の書評欄に載ったからって、さほど売れるもんでもないし、本って難しいんだよ。アマゾンの書評は悪口を書いてナンボだし、「食べログ」みたいになれば全員の意見の平均点になっちゃう。「クックパッド」とかができたおかげで、レシピ本もぜんぜん売れないしね。

**松浦** そうなんだ。

**見城** 誰かが薦める本じゃなくて、どんな本を読みたいとかはないわけ？　もっというと、最近は何に興味がある？

**松浦** 実は最近、猫を飼い始めたんです。マンチカンっていう種類で、足が短くてダックスフントみたいだなと思って。1匹じゃかわいそうなので、2匹。

**見城** なんで犬じゃなかったの？

**松浦** 猫は散歩させなくていいじゃないですか。

**見城** 俺は犬派で、飼っていた頃は毎日朝晩、散歩させてたんだけど、この8年飼ってないのは「夜の散歩だとガードマンと一緒じゃなきゃ駄目だ」って会社の総務局から言われてて。

松浦　猫でいいじゃないですか。

見城　猫だと人生の友にならない気がするんですよ。猫は名前を呼んでも「ニャーン」とか言い返してこないでしょ。

松浦　名前を呼んでもいないのに、突然「ニャーン」と鳴いたりするところが、逆にかわいいじゃないですか。

見城　子どもの頃、『ミスター・エド』っていうアメリカのヒットドラマが放映されてたんだけど、納屋で飼ってるエドっていう馬がしゃべるんだよ。それに俺はすごく憧れて、飼ってた犬も馬に似ているシェットランド・シープドッグだし、名前も「エド」にして、散歩に行くたびに「いつかしゃべらないかな」と思ってたよ。

松浦　しゃべらないでしょ（笑）。

見城　「馬がしゃべる、そ～んなバカな」っていう主題歌だったな。

松浦　すごい歌詞ですね。作詞と作曲、誰なんだろう……。

見城　松本隆と大瀧詠一じゃないことは確かだね（笑）。

見

好きなことを仕事にすると、
多くの人に知らせたいと
思って頑張るから、
苦難を突破できる。

松

最近は「好き」の延長ではなく
「起業しよう」「社長になろう」
が先に来ている人が多いですね。

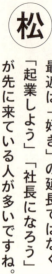

# 何をしているとき、仕事を忘れられますか？

the Matsu-Ken talkshow
No.16

見城　最近、酒は飲んでるの？

松浦　飲んでますよ。あと、趣味の釣りにまた行き始めたりしてます。季節もよくなってきたんで。土日に海に行って、ちょこっとやるくらいですけど。

見城　何を釣るの？

松浦　赤むつ（のどぐろ）です。

見城　誰と行くの？

松浦　部下と二人で。

見城　釣れたときが快感なわけ？　それとも釣れるまでが楽しいの？

松浦　こうやってみたら釣れたとか、工夫するのが楽しいんですよ。女性を落とすような感じに近いかもしれないです（笑）。

## 面倒なことを忘れられる時間をつくる

見城　でも、何も釣れないと悲しくない？

松浦　悲しいですよ。でも、釣りの最中は他のことを考えていられないのがいいんです。

見城　そうじゃないと余計なことばかり考えちゃうんで。

見城　俺だってそうだよ！　世の中に名前が出ているってことだけで、それなりの風圧がある。まがりなりにもうまくいくまで、まっとうに自分と闘ってきて、努力もして、七転八倒して、悪戦苦闘もしてきたわけだけど、あるところまでいったらいったで、他者の負の感情が降りかかってくる。なんでこんなに焼きもちとか怨《えん》嗟《さ》があるのかなって、しみじみ思うことがあるよ（苦笑）。そういう意味で、松浦が釣りが好きで、やっていると面倒なことが忘れられるのが理由っていうのは、よくわかる。

松浦　一時期ハマっていたカメラも、写真を撮ろうとしているときは他のことが考えられないから、いいんです。でも、釣りにしてもカメラにしても、終わればすぐ、現実が待ってるわけですけど（苦笑）。

見城　俺が面倒なことを忘れられるのはジムでウエイトトレーニングをやっている時間だったんだけど、2カ月前に肩を壊したんだよ。苦しめば苦しむだけ、挙げられる重さとしても筋肉量としても必ず自分に返ってくる充実感が好きだったんだけど。

松浦　ウエイトトレーニング中に壊したんですか？
見城　そう。
松浦　やりすぎちゃったんじゃないですか？
見城　30代の頃はベンチプレスで115キロまで挙げることができたんだけど、いま挙げられるマックスの重さは97キロで、そのために65キロくらいから重さを上げていって、何セットかやって、やっと100キロ近くになってくると必ず肩を壊すんだよ。ただ、今回は97キロを挙げても壊れなかったので、100キロに挑戦しようと思っていろいろやっていて、そうしたら腱を傷めちゃったわけ。さすがに「65歳でのウエイトトレーニングは体を壊しますよ」ってことなんだと思って、もう諦めようかなって気分になってるけど。
松浦　唯一の忘れられる時間がなくなっちゃったんだ。
見城　悲しいよ……。
松浦　ジムのランニングマシンとかで走ったりはしないんですか？
見城　ウエイトトレーニングとは別に、6・0度の傾斜を付けて、それなりのスピードで速歩きをしてますよ。汗びっしょりになって。でも、ウエイトをできなくなってから、速歩きにも情熱がなくなっちゃった。

**松浦** ただ、ランニングマシンって、意外と単純作業ですよね。僕なんかがやったら、それこそ「あれもやんなきゃ」「これもやんなきゃ」って思い始めて、歩いてる場合じゃなくなってくる（苦笑）。

**見城** 俺は逆で「天よ、100の試練を与えよ」と思ってるタイプだから、常に試練を求めてる。しかも、そこに立ち向かってる自分が好き。ナルシストなんだな（笑）。ウエイトトレーニングも「もう挙がらない！」ってところから挙げられたときの気分が好きなわけ。やってる時は何も考えない。

**松浦** お風呂とかは好きですか？

**見城** そんなに好きじゃないね。

**松浦** そうですよね。長く入るとリラックスできるとか、ぬるめのお湯に入るとよく眠れるとか聞きますけど、僕がそんなことをしたら、いろいろと考え始めちゃって大変です（苦笑）。

## 土日も、夏休みも、正月も大嫌い

**見城** 最近、睡眠とかはどう？

**松浦** 眠れても3時間ですね。

**見城** 週末はどうしてる？

**松浦** むしろ見城さんは何してるんですか？

**見城** 俺は土曜と日曜がいちばん嫌いなんだよ！ だって、相手をしてくれる人がいない（苦笑）。だから、撮りためておいたテレビの番組を観たり、読書をしたり、映画館に行ったり……。

**松浦** だったら、お正月とかも嫌いですよね？

**見城** 大嫌いだよ。GWも、夏休みも！

**松浦** でも、見城さんって長い休みになると、必ずハワイとか行かれてるじゃないですか。向こうに行ったときとかは、どうしてるんですか？

**見城** ゴルフに行ったり、やっぱりジムに行ったり。

松浦　ハワイに行ったら、何もしないのがよくないですか？

見城　俺は無理。とにかく普段から、月曜から金曜までの会食がなくなったら気がおかしくなってしまうんで、土日でも無理やり、会食を入れるようにしてる。でも、その一方で家に帰った後、たまに「調子が悪くなって、明日の会食に急に行けなくなったら許されないな」とか考えたら眠れなくなったりして、取り越し苦労ばかりしてたりもする。

松浦　僕も取り越し苦労しかしないですね。

見城　常に最悪を想定して最上をイメージするのが経営者とはいえ、苦しいよな。大失敗して破産するんじゃないかとか、松浦も考えたりする？

松浦　しょっちゅう考えてますね。

見城　そうなるよな。ところで話を戻すけど、松浦は土日、海釣りに行かないときは何をしてるの？

松浦　晴れていても風が強いと釣りはだめなんで、オープンカフェに座って、一人でワイン飲んでたりしますよ（笑）。で、「誰か呼べる人、いないかな」ってＬＩＮＥとかやってると、なんとなく誰かしら集まってくる。

見城　たとえ部下でも土日に呼ぶのって、気が引けない？　向こうだってやっと親分と離れて満喫してるだろうに、迷惑だと思うに決まってる。例えば、俺がいきなり松浦に電話して「今から会おうか」って言うのも、ヘンだよね（笑）。共通の趣味があればまだしも。

松浦　ははは（笑）。

見城　しかも、日曜日は行きたいメシ屋がやってないんだよ。

松浦　そうなんですよね。

見城　だいたいは「キャンティ」とか「イルブリオ」とか「ＫＩＮＴＡＮ」とか「ざくろ」とか……になる。

松浦　でも、見城さんと食事をしてみたい若い人とか、男女限らず、けっこういるんじゃないですか？

見城　そういう意味でいうと、女性に電話するにしても「断られたら傷つくよな」とか考えちゃう。誘うにしても急になっちゃうし。

松浦　でも、日曜の夜に一人で弁当とか買ってきて家で食べるみたいなのは最悪だし、避けたいじゃないですか。揚げ句『サザエさん』とか見始めてしまったら……

（苦笑）。

**見城** ちなみに女性を誘って、メシを食うだけならいいけど、向こうがその先を期待してたら、それはそれで面倒くさい。「悩みでも話してごらん」ってところから「そういうことなら、俺が関係各所に電話しておいてやるよ」って感じで、おいしいものを食べて別れるくらいがちょうどいい。

**松浦** それは、そうかもしれないですね。

**見城** 松浦は女の子に電話しようってことはないわけ？

**松浦** しませんよ（笑）。

**見城** ところで男と女といえば、最近、週刊誌とかで不倫ネタがすごいよね。

**松浦** そうですね。

**見城** けして不倫を肯定するわけじゃないけど、アニー・エルノーという作家の『シンプルな情熱』っていう、昔日本でもヒットしたフランスの不倫小説があるんだよ。「恋は犯罪に似ている。どちらも倫理と道徳と法律を宙づりにする」っていうような文章が有名なんだけど、宙づりというのは判断停止ってことであって、要するに倫理とかに従って誰かを好きになるバカなんていないってこと。恋はもともと不道徳なものなんです。

**松浦** 僕もそこはそう思うのと、ちょっと気になるのは不倫した人に対するワイドショーとかのバッシングがすごいじゃないですか。あれじゃ、子どものいじめもなくならないなって思います。だって、大人がやってるんだもん。

**見城** それも言えてる。芸能マスコミは、いちいち人のことに首を突っ込みすぎなんだよ。

**松浦** 見城さんも土日に女性を呼ぶなんてときは、気をつけてくださいね（笑）。

見

たとえ部下でも、
土日に呼ぶのは気が引ける。
向こうも親分と離れて
満喫してるだろうに。

松

僕も釣りができないときは
オープンカフェに座って、
一人でワイン飲んでたりしますよ（笑）。

# 修羅場を迎えたときどう対処しますか？

the Matsu-Ken talkshow
No.17

見城　今回は100号ということで、テーマは「修羅場」にしようか。人は修羅場を乗り越えて、己の器を大きくしていくのだから。『ヌメロ』だっていろんな修羅場を乗り越えてここまで来ただろうしね。

松浦　また思い切ったテーマですね。表に出せない話ばかりになりそうだな（笑）。

見城　それなら、最近、腹が立ったことはない？　例えば、「会いたい」と言ってきた相手が、当日いきなり遅刻して来るとか。気心が知れた相手ならいいけれど、初対面で遅刻されると許せないんだよ。初対面のために礼儀はあるんだから。

松浦　相手が誰であっても？

見城　以前、某有力政治家から連絡があって、「食事をしながらご挨拶したい」と。約束の日に20分も遅れてやって来て、さらにデザートの前に中座しようとするから「失礼だと思いませんか？　あなたが頼んだんでしょ」と言いました。政界を引退した後に謝罪されたけれど、後から言われてもね。

松浦　僕は遅刻に対して怒ったりはしませんけれど、自分が相手よりも早く到着することのほうが多いですね。それはいいんですけど、初対面の人との間に紹介してくれた人がいる場合、紹介者よりも先に着いてしまった場合は困っちゃいますね。

**見城** それはシラけるね。俺が紹介者なら「いま、到着したから、来ても大丈夫」とメールするな。

**松浦** だから、現地に早めに着いても車で待機しているんですが、遅れて来る人もいますよね。でも逆に、やむを得ない理由があって、こちらが遅刻しそうなときには?

**見城** 約束を1カ月先の同じ日と間違えていたことがあって、そのときには謝罪して急いで向かって15分遅れたけれど、そういうことは数年に一度あるかないか。

**松浦** 先方が場所を間違えたのに、なぜか怒って帰ってしまったなんてこともありましたよね。

**見城** そうそう。系列のお店がいくつもあると起こりうるよね。会食の約束をしていて、前日に場所について確認の電話を入れたのに、先方が間違えてしまったんだよ。仕方ないから仕切り直しで後日、会食をセッティングしたんだけれども、その席に松浦も来ていたんだよな。

**松浦** 気心が知れている人だったから、笑い話になってよかった(笑)。

## いつ、なんのために部下を怒るか

見城　ところで、面会のオファーも多そうだけれど、どうしてる？

松浦　自分から会いたいと思った相手には会いますよ。僕が断っているというより、あまり簡単に人に会わないイメージがあるようで。

見城　それはあるな（笑）。それから、初対面といえば、名刺を出さない人もどうかと思うね。名刺がなければ初対面の挨拶をするなよ、と思う。しかもその人が俺に会いたくて来ている場だよ。啞然とするよ。名刺の渡し方にしてもぞんざいな人がいる。気持ちがこもっていないのが、すぐわかる。

松浦　いろんな人がいますからね。

見城　初対面での印象は大事。傲慢《ごうまん》や雑な人は態度でわかるから、何かお願いされても気持ちよく応えられない。松浦だって、腹が立つことくらいあるだろう？

松浦　怒ることもうれしいこともないし、最近は感情がフラットですね。昔は社員に怒ったりもしていましたけれど、組織も拡大してそれぞれの部署でしっかりやってくれるから、今は自分が怒る必要がなくなりました。

**見城** 感情がフラットってのは「虚無」ってことか（笑）。じゃあ、今回のテーマは「虚無と怒り」に変更しようか。表現は虚無と怒りから生まれて来るからね。ファッションにだって、その要素はあるはずだよ。それにしても、部下が失敗したら怒ることはあるでしょ？

**松浦** あきれるだけです。明らかに自分が間違ったと反省している相手に、こっちが怒ってもね。

**見城** 俺は社員の成長のために怒るよ。「ここで間違いが起きた。そしてこの段階で気づくべきだった」と。よく言うのは「他者への想像力が欠如していなかったか」ということ。他者への想像力は自己検証から始まるからね。今回のボタンの掛け違いは、自分の思い込みが原因ではなかったか。相手の真意をくみ取れていたのか。それ以前に、努力しない社員に対しては言わずもがな。「なぜ苦しい道を選ばないのか。楽な道を選んだら他人と同じ結果しか出せない。苦しい道を選ぶのが仕事だろ？」と問い詰める。

**松浦** 怒る見城さんは怖そうだけれど、そうやって社員を成長させているわけだから、優しい経営者ですよね。

**見城** 「怒っているときには、まだ相手に対して好意が残っている。それがなければ何も言わない」と社員に言うと「社長！　どうぞ怒ってください！」と（笑）。

**松浦** 僕は怒らないけれど、褒めることもない。そういうキャラクターになりましたね。

**見城** それが社員にとって一番怖いかもしれないよ（笑）。松浦は経営者として、特別なスタンスを取っている。それがカリスマ性と見られるのかもしれないな。

**松浦** 普段怒らないから、たまに怒ると効くのかもしれません。社員に少し厳しい口調でいうと、神妙な顔で話を聞いてくれますしね。怒るほど、体力を使わなくても済むようになったのかもしれませんね。

**見城** 確かに怒るのは疲れるね。怒りで傷付いて、最終的に自己嫌悪に陥る。酒を飲む量も増えるから、怒りは体を壊すよ。

**松浦** 怒りではないけれど、いつまでたっても仕事は大変ですね。今、初めてやらなくてはいけないことに次々と直面しています。

**見城** でも、松浦は今年ビジネススクールで学んだ経験があるから自信があるでしょう。来年（２０１７年）秋にはエイベックスの新社屋も完成するわけだし。とはいえ、仕事での「修羅場」は絶えないよね。2010年にMBOで非上場化する方針を発表したときは、謎のファンドが現れて本当に振り回された。最終的にこちらが勝ったわけだけれど、今考えると、あれは修羅場だったな。

**松浦** 僕も大変なことはたくさんありましたけれど、忘れるようにしています。過去は忘れて、現在に集中しないと次に進めないですから。

## 修羅場はいつも「仕事」か「女性」

**見城** ところで、好きな女性が初めてのデートに、30分も遅刻して来たらどうする？

**松浦** 30分くらいなら黙って待っているけれど、それ以上遅くなると、何かあったのかと心配になりますね。

**見城** やたら好感度が高まりそうな答えだな（笑）。

**松浦** 困るのは、5、6人で会食のときに、一人が遅刻して、いつまでも食事を始められないこと。それくらいですかね。

**見城** 俺は女性の遅刻も嫌だね。自分のことが好きじゃなかったのか、好きだったら、

1分でも早く来るだろうと考える。

松浦　過去に、そんなに待たされた経験があったんですか？

見城　30年以上前だけれどね。当時、テレビタレントの女性と食事の約束をして、フレンチの店を予約していたのにいっこうに来なくて、こりゃ望みはないなと。収録が押したとかで結局40分遅刻して来たよ。

松浦　その女性とは、結果的にどうなったんですか？

見城　10年以上付き合った（笑）。

松浦　なんだ、最終的に成功したという話でしたね（笑）。

見城　仕事柄、彼女が待ち合わせに遅れることがよくあった。遅刻は嫌いなんだけれど、彼女には俺にとってそれに勝る魅力があったんだろうな。ところで、女性関係で修羅場になったことは？

松浦　それは本格的に表に出せない話ですね（笑）。ずっと口説いていた女性が、いつの間にか知人と結婚していたことがありました。それも20代の頃ですけどね。だいぶ驚いたけど、修羅場というほどではないかな。

見城　俺は離婚経験があるから、それなりに女性関係の修羅場は経験したよ。そこで学んだのは「女性は強い」ということ。こちらより何枚も上手だった。でも、基本的に「仕事」と「女性」以外の修羅場はないよね。今はもうさすがに、女性関係がこじれることはないけどな。

**松浦** 本当ですか（笑）。「修羅場」といえば、結婚式で見城さんが言う名スピーチがありますよね。

**見城** 「今日は〝見せ場〟です。これから〝土壇場〟もあるし〝正念場〟もある。〝修羅場〟だってあります。でも、最後には同じ〝墓場〟に入るんです」と。以前にもこの連載に出したよな。

**松浦** 新郎新婦だけじゃなく、誰もが共感できるスピーチですよね。

**見城** やっぱり修羅場が自分を鍛えるよ。一定のステージに到達したら、向こうから修羅場がやって来る。安定した人生もいいけれど、もし修羅場がやって来たら、それが自分の器を大きくするんだと思って乗り越えるしかない。そのたびに闘いへの覚悟が鍛えられるんだから。修羅場を乗り越えるのが人生です。ということで、『ヌメロ』１００号おめでとう。

**松浦** うまくまとめましたね（笑）。

見

修羅場は「仕事」と「男女関係」。
仕事の修羅場は
人の器を大きくすると思って
乗り越えるしかない。

松

修羅場は忘れて、
今に集中するようにしています。
若い頃は女性に裏切られたことも
ありましたが（笑）。

# 変身するなら誰になりたいですか？

the Matsu-Ken talkshow
No.18

見城　今日のネックレスはどこのブランドのもの？

松浦　ハリー・ウィンストンです。

見城　ものすごくダイヤモンドが大きいよね。

松浦　おっかなくて、落っことすんじゃないかと思ってます。

見城　ちなみに今月号の『ヌメロ』は「変身願望」がテーマらしいんだけど、女性は〝着る〟ことで変身願望が満たされるのに対し、男性の場合は〝着ける〟ことによって満たされると思うんだよ。ただ、実用性も兼ねた時計とかと違って、ネックレスとかジュエリーは似合う人が限られる。それこそ松浦とか、スティーブ・マックイーンとかが着けてると、かっこいいんだけどね。ワイルドに着崩す感じだったり、おしゃれ系ラフな人じゃないとだめっていうか。

松浦　おしゃれ系ラフ、ですか。

見城　そう。俺はスティーブ・マックイーンにはものすごく憧れがあって、生まれ変われるものなら、あの人になりたい。ブルゾンの着方とかブーツの履き方とかスーツの着崩し方とかもいいんだけど、マックイーンがネックレスとかブレスレットとか指輪とか着けてると、格好いいんですよ。写真集も何冊も出ているけど、全部持ってる。

**松浦** どんな映画に出てましたっけ？

**見城** 『ゲッタウェイ』とか『大脱走』とか。ちなみにマックイーンは『ゲッタウェイ』で知り合った女優のアリ・マッグローと5年くらい結婚してたんだけど、彼女がまたいい女でさ。二人ともデニムに白いTシャツがものすごく似合ってて、たまんないんだよ。デニムはやっぱり内面ではきこなすものだと思うね。松浦も今日はたまたまデニムと白いシャツじゃない！　似合ってるよ。

**松浦** いやいや（笑）。ところでアリ・マッグローは他にどんな映画に出てるんですか？

**見城** デビュー作の『ある愛の詩』でライアン・オニールと共演してます。でも、18歳の役とかなのに、マッグローは当時もう30歳を超えていて、つまり売れない時代が長くて、デビューが遅かったわけ。しかもマッグローはマックイーンの前にロバート・エヴァンスという映画プロデューサーと結婚していて、その夫に『ある愛の詩』の映画化の権利を取らせたんだよ。

**松浦** 見城さん、アリ・マッグローについて、詳しすぎです……（笑）。

見城　大好きだったからね。いずれにしても内面を感じない女性や、アラン・ドロンみたいな超イケメンなんかも、デニムと白いシャツは似合わない。

松浦　なるほど。

見城　ところで、アラン・ドロンが出ていた35年くらい前の「ダーバン」の香水のＣＭで、素晴らしいナレーションがあってさ。「いつも歩いている散歩道で、いつもすれ違う肩がある。彼も人生の苦さを捨て去るために、この道を歩いているのだろうか？　言葉なくすれ違う肩と肩。男は肩で人生を語り合える。琥珀色の香り、ダーバン」っていう。めちゃくちゃかっこいいだろ？

松浦　見城さん、本当に記憶力がいいですね。

見城　いや、うろ覚えではあるんだけど、要するに何が言いたいかというと、もしも俺たち二人がすれ違うとして、肩だけで人生を語り合えるってこと。これって変身願望だよ。

松浦　見城さんはお好きなアロハ柄ではなくて（笑）？

見城　アロハ柄じゃ、人生の苦さを捨て去れないよ（笑）。

松浦　確かに（笑）。

**見城**　ほかにもチャールズ・ブロンソンとアラン・ドロンが共演してる『さらば友よ』っていうフランス映画があるんだけど、知ってる？

**松浦**　いや、知らないですね。どんな映画なんですか？

**見城**　チャールズ・ブロンソンとアラン・ドロンが金庫破りを働いて、未遂に終わるんだけど、別々に捕まるのよ。警察は「お前たちは知り合いだろう。ちゃんと吐けよ」とふっかけるんだけど、どっちも「そんなやつは知らない」って言い張って釈放される。それで別件で、警察署にチャールズ・ブロンソンが捕まっていて、警察署を訪ねていたアラン・ドロンと廊下ですれ違うんだけど、交錯するときに、チャールズ・ブロンソンが手錠をされたままポケットからタバコを取り出してぱっと口にくわえる。そうすると今度は刑事に付き添われたアラン・ドロンもマッチを取り出してチャールズ・ブロンソンのタバコにさっと火を付けるんだけど、そのまままったく知らない者同士のように無言で去っていく……。極め付きの友情がそこに表現されるわけ。そんなラストシーンがあって、最後『Adieu l'ami（さらば友よ）』という映画のタイトルで終わるんだけど、どう、しびれるでしょう？

## 人は何かを諦め運命を受け入れて大人になる

**松浦** 逆に最近の映画でしびれたものはありますか？

**見城** 「755」の映画好きに「素晴らしいから絶対に観て」と言われた映画で『サニー 永遠の仲間たち』（以下『サニー』）という2011年公開の韓国映画があるんだけど、最近やっと観ることができて、〝人生のベストテン〟に入る作品になっちゃって。もう号泣よ。

**松浦** 僕は映画を観て普段から泣くことがないんですよね。

**見城** だったら余計に観てみてよ。

**松浦** どんなストーリーなんですか？

**見城** ボビー・ヘブのヒット曲「サニー」が流行った1986年に高校3年生だった仲良しグループの少女7人が主人公なんだけど、〝サニー〟ってグループを結成してるわけ。ただ、卒業後はみんな音信不通になっちゃって、25年後、サニーのリーダーだった女性が余命2カ月のガンで入院してて、この人は女社長になって成功してるわけだけど、その病院にメンバーだった別の女性がお母さんのお見舞いのために訪れて再会するんだよ。そこでリーダーから「死ぬ前にサニーのメンバーに会いたい」と言われて、その女性が5人を捜し出していくの。

**松浦** 見つかるんですか？

**見城** 一人を除いて見つかるんだけど、それぞれが25年という月日の中で何かを諦めたり、現実を受け入れたり、転落している人もいたりで人生の皺を刻んでいて、不幸な人もいれば、幸福な人もいる。それで最後にリーダーが亡くなって、葬式の次の日に5人が揃っている場にいきなり弁護士が来て、「亡くなった彼女は生涯独身で、社長になり、事業に成功しましたが、皆さんに遺言があります。リーダーは誰々に譲ります、誰々にはマンション一棟と私の子会社を譲ります、保険会社に勤めている女性には自分の会社が金を払い込んでサニーのメンバー全員の契約をします」みたいなことを言うんだけど、「条件が一つだけあります。葬儀の祭壇の前で、みんなで『サニー』の音楽で踊ってください」って言うわけ。それで5人が踊っているときに、見つからなかった6人目が姿を現すんだよ。

**松浦** そこでやっと、全員揃うんですね。

見城　最初はちょっと入っていけないかなって思うくらい突っ込みどころも満載の映画なんだけど、後半30分はひたすら号泣して終わるっていう。怖いもの知らずだった少女時代から25年という時が移ろうなかで、人は現実にさらされ、何かを諦め、運命を受け入れて大人になっていくんです（涙）。

松浦　見城さん、話しながらまた、泣いてるじゃないですか。

見城　俺は『サニー』の映画のラストシーンで、仲間たちと踊る女性になりたいよ！

松浦　涙すら「変身願望」の話にちゃんと結びつけるあたりが、さすがです。ちなみに『さらば友よ』もそうですけど、見城さんは友情に厚い主人公になりたい願望があるんですかね？　そうであれば「こんな映画でこんな役をやりたい」と言えば、見城さんなら、ぜんぜん出られちゃうんじゃないですか？

見城　出られないよ（笑）。むしろ俺は『サニー』みたいな映画を作りたい。だって、基本的に表現というのはみんな変身願望であって、感極まる表現はその変身願望を大きく満たしてくれるものだと思うんだよ。だから、まず観てよ！　それで少しでもいいと思ったら、協力してくださいよ。

松浦　見城さんがそこまで言うなら、ちょっと観てみます。

**見城**　ところで松浦には変身願望はないわけ？

**松浦**　小さい頃、仮面ライダーにはなりたかったですけど……。よく真似してましたよ。

**見城**　今は何かないの？

**松浦**　強いていえば、僕は生まれ変わってもまた自分になりたいかもしれないですね。

**見城**　俺も生まれ変わったら、松浦になりたいよ！　だって松浦は自然体でカリスマになってるけど、俺はわあわあ言うことでやっとカリスマになってる（笑）。

**松浦**　いやいや（笑）。

見

基本的に表現というのは
みんな変身願望なんだよね。

松

僕は生まれ変わってもまた
自分になりたいかもしれないです。

# 「規格外」であるとはどういうことですか？

the Matsu-Ken talkshow
No.19

**見城**　松浦は、吉本隆明の「ぼくが真実を口にすると ほとんど全世界を凍らせるだらうといふ妄想によつて ぼくは 廃人であるさうだ」っていう「廃人の歌」って知ってる？

**松浦**　いや、知らないですね。

**見城**　松浦にしても本当のことを言ったならば、エイベックスも、音楽業界も、世界も凍ると思うんだよ。

**松浦**　凍るとしても、世界じゃなくて、日本くらいじゃないですか（笑）。

**見城**　ワールドという意味での世界じゃなくて〝自分の周りの世界〟ってこと！

**松浦**　めっそうもないです。

**見城**　何が言いたいかっていうと、松浦も本当のことを言うのはやめようと思って生きている廃人という意味で「規格外」じゃない？

**松浦**　いやいや（笑）。

## 「規格外」とは夢中の先にあるもの

**見城** 若いときから規格外だったの？

**松浦** 高校時代は1限だけ出て帰っちゃっても何も言われないような緩い高校だったんで、ぜんぜん行かないで、バイクの色塗りとかしてました。しかも毎日、色を変えて。

**見城** 規格外じゃない！

**松浦** ほかにもそういう人はいたんで、普通の規格の中で隠れてやってた、みたいな感じです。

**見城** まあ、意識的に外れてやろうっていうより、規格外って結果論だと思うんだよ。俺だって小中学校時代、おそらく図書館で誰よりも本を借り出してたけど、好きなように行動していただけだから。毎日一冊借りて、翌日返して……ってやってたら、最後は読む本がなくなっちゃって。

**松浦** それは規格外ですね（笑）。

見城　松浦にしても、大学時代から貸しレコード屋で働き始めてユーロビートにのめり込んでいた頃は、相当規格外だったはずだよ。

松浦　当時はいろいろなレコードが入った真四角の段ボールが、毎日海外から3箱くらい届くんです。でも、全部を頭から終わりまで聴くには時間がないんで、イントロを聴いて、先送りしてサビを聴いて、いいのがあると裏にかろうじて小さく書いてある海外住所に連絡して、輸入できるかどうか、問い合わせる。

見城　日本でほかに松浦みたいなことをやってる人はいたの？

松浦　いなかったと思います。

見城　規格外だねぇ（笑）。

松浦　ちなみに、レコードの輸入卸を始めて大量のレコードを輸入することになるんですけど、レコード屋さんから発注が来ている以外のレコードも併せて海外から輸入していたんですよね。そのなかにはヒットの要素がある宝物があって、僕が「これはいい！」と言って売ると、世の中でも売れたんですよ。

見城　楽しかったでしょ？

松浦　そうですね、それなりに。

**見城** 店にも立ってたわけでしょ？

**松浦** でも、レコードのポップを書いて貼っていただけで、お客さんとしゃべるような感じはなかったです。みんな勝手に聴いて、借りて、帰っていくみたいな。

**見城** そのなかにＨＩＲＯもいたわけでしょ？

**松浦** 高校の後輩で地元が一緒だったんです。あいつが面白いのは、店に来て「こういう曲ないですか？」って歌うんですよ（笑）。だから「これでしょ、いいよタダで」って言うと、喜んで借りてって、タダだからまた来るんです。

**見城** 販売を経験して、どうエンドユーザーに手渡し、どう稼ぐかってことを考えた当時の経験は、今の経営にも生きている？

**松浦** レコード会社で、店頭に何年も立っていたって人はあまりいないかもしれないという意味では、生きているんじゃないでしょうか。

**見城** やっぱり規格外だね（笑）。

**松浦** レコード会社の社長で、フェスに行って踊ったり、クラブのイベントに行く人もいないと思います（笑）。

**見城** ところで、俺が角川書店に入って『野性時代』という文芸雑誌の新人編集者だった頃は、先輩が取ってきた作家の原稿をコピーするのが主な仕事だった。しかも先輩編集者以外、編集長や部長や校正者、デザイナーやイラストレーターのコピーも必要で。でも、今みたいにコピー機が発達してなかったから、何百枚もの原稿を一枚ずつコピーしなくちゃいけない。

**松浦** きついですね。

**見城** でも、ある日「どうせなら、自分の分ももう1セット、コピーしよう」と思ったんだよ。それで、ちゃっかりコピーした原稿を家に持ち帰って「ここはこうしたほうがいいな」と直したり、「この主人公にはこういう活躍をさせたほうがいいな」「こういう性格の人間はそんなセックスはしないな」とか、赤を入れていく。それが俺の編集者としての大きな訓練になって、編集部に入って7カ月くらいで、もう五木寛之、森村誠一、中上健次、宮本輝、つかこうへい、村上龍なんかの担当になることができた。

**松浦** 偉い先生の原稿を直すのは、怖くないんですか?

**見城** 当時、すでに大家だった吉村昭さんに叱られたことがある。

**松浦** 「この野郎!」とか言われちゃうんですか……?

見城　ずっと遠慮してたんだけど「君は他の作家に聞くと、ものすごく手を入れるらしいね」と言われて、初めて赤を入れたんです。そうしたら、速達で手紙が来て「もう二度と君とは仕事をしない」って書いてあって、慌ててお詫びの手紙を書いたら「僕が狭量なだけで、君の指摘が正しいと思う。自宅近くの鮨屋まで来てくれ」って連絡があって行ったら、今度は「君は確かな指摘をしてくれる、いい編集者だ」って言うわけだよ。でも、その2日後くらいにまた速達で手紙が来て「やっぱり君とは仕事をしたくない」って（苦笑）。

## 「規格外」の才能との付き合い

松浦　小説家こそ、規格外の人が多いんじゃないですか？

見城　そりゃ、みんな狂ってるよ！　でも、そういう作家と俺は一騎打ちをやって来た。中上健次なんて、いきなり「原稿ができたから取りに来い」とか言う人で、行ったら行ったで、その場で読まないといけない。でも、作家の目の前で読んでも頭に入らないんだよ。しかも、ちょっと上っ面な感想を言うと「お前はちゃんと読んでない！」って殴られちゃうんだから。

**松浦**　それは大変ですね……。

**見城**　中上健次は高校時代に、相撲の高砂《たかさご》部屋からスカウトが来たってくらい体格がいい男なんだよ！　こっちは朝10時には会社へ行かないといけないのに、向こうは飲み始めたら朝までだし。でも、そういう規格外の生活をしてきたからこそ、俺の今があるともいえるね。

**松浦**　ただ、文芸編集者って、そもそも会社にいたら怒られるものなんじゃないですか。「作家と飲んでこい！」って。

**見城**　そのとおりで、ずっと会社にいる編集者はだめだよね。「経費の精算なんかしてないで、とりあえず外に出て、何か見つけてこい」と言いたいね。

**松浦**　わかります。

**見城**　例えば、文藝春秋が１９８０年に創刊した雑誌『Sports Graphic Number』（以下『Number』）の準備号にソニービデオの広告が入っていて、79年にビョルン・ボルグが4連覇をかけてロスコー・タナーと対戦したウィンブルドンの決勝を描写した文章が載ってたんだよ。それが素晴らしくて、俺はたまたまトイレで読んだんだけど、びっくりしちゃって。

**松浦** 極端な話、外に行かなくても何かは見つけられるってことですね。

**見城** そういうこと！

**松浦** その文章は、何が素晴らしかったんですか？

**見城** 最終セットでボルグのサービスゲームをブレイクしたタナーに、サーブが回ってくるんだよ。当時タナーは時速220キロメートルの世界最速サーブを打っていて、しかもゲームカウントは3－2。次のサービスゲームをタナーが取れば4－2になって、ボルグの4連覇を阻む男になる瞬間が近づく。しかもボルグの息はかなり上がっている。「この一球が勝負を決める」とタナーは確信する。全身全霊を込めたサーブが決まった！　と思った瞬間、ボルグの信じられないリターンが足元を抜けて、そこから形勢が逆転する。つまりボルグが4連覇を果たすわけだけど、その大一番を「ボールゲームには運命を左右する一球が必ずある。勝者と敗者は一瞬のうちに交錯する。タナーはあの一球を忘れることができない」っていうような文章で、まるで見てきたように鋭く、でも淡々と書いたものだったんだよ。

松浦　誰の文章なんですか?

見城　それが広告の隅に「J」と書いてあるだけで、詳しい名前がわからない。でも「こいつにスポーツノンフィクションを書かせたい!」とトイレで飛び上がって、文藝春秋に問い合わせたら調べてくれて「Jは山際淳司という人です」と連絡先を教えてくれた。その後、山際淳司には『野性時代』に7作ほど書いてもらって、それらを収録した『スローカーブを、もう一球』っていう作品集が日本ノンフィクション賞を受賞して、彼は一気に売れっ子になったわけ。ちなみに本には『Number』の創刊号のために山際が書いた「江夏の21球」っていう名文も入ってます。

松浦　トイレで飛び上がっちゃう見城さんが、一番規格外だと思います!

見

新人編集者の頃、
先輩が担当してる作家の原稿に
「俺ならこう直す」
と指摘を入れてました。

松

小説家こそ、
規格外の人が多そうです。
偉い先生の原稿を直すのは、
怖そうですね……。

# 時代の流れを変えるのはどんな人ですか？

the Matsu-Ken talkshow
No.20

**松浦**　今月号の『ヌメロ』は「ゲームチェンジャー」、時代の流れを変える人、というテーマみたいですよ。

**見城**　松浦は、まさにゲームチェンジャーじゃない。

**松浦**　それを言うなら、見城さんもそうですよ。

**見城**　どの業界でも、ルールというのはその時々の大手が作ったものだから、それにのっとって試合をしても勝てるわけがない。幻冬舎もできたばかりの頃は、あえて印刷会社を大日本印刷や凸版印刷にしなかったり、広告会社も電通や博報堂にしないで、中堅の会社と付き合ってました。だって、大日本印刷や電通の何十番目かのクライアントになったって、思うような広告は打てない。その代わり中堅のトップクライアントになれば、「一週間以内に広告したい」と多少無理を言っても、絶対にやってくれる。

**松浦**　今はもう電通・博報堂ともお付き合いはされてるんですか?

**見城**　確かに今は電通・博報堂とも別件では仲良くしてますけど、広告はうちがトップクライアントであるということが一番重要で、そこのスタンスは変えてないです。

**松浦**　なるほど。

## 自分たちで新しいルールを作らなくてはならない

**見城** 例えば、今でこそ全面の新聞広告を打って一つの本を宣伝するような手法は当たり前になりましたけど、うちの会社が最初にやり始めたんです。1998年に発売してミリオンセラーになった郷ひろみの『ダディ』も、ある朝起きて新聞を開いたら「離婚。新しい関係の始まり。なぜ二人は離婚しなければならなかったのか」という見出しで本の全面広告があって、それで大衆は「え？ 郷ひろみと二谷友里恵は離婚したんだ！」と知ったわけだから。当事者の二人には本の発売日に離婚届を出してもらうことにして、郷ひろみの所属事務所にも一切何も知らせないで、黙ってて。

**松浦** 怒られなかったんですか？

**見城** むちゃくちゃ怒られたよ（苦笑）。ちなみに本の帯を印刷するにも離婚のことがバレちゃうと困るから、全文が把握できないように、一行ごとに違う印刷会社に頼んで打ってもらったりして。でも、それも中堅の印刷会社だから可能なわけ。

しかも二人とも記者会見もしないで「離婚のことを知るには、本を読むしかない」という状況をつくった。結果、5日間で100万部売れた。あれはまさに、時代の流れが変わった瞬間だったと思うよ。

**松浦** 本の内容、広告、印刷の進め方まで、すべての常識を打ち破ったわけですね。

**見城** だから、今の幻冬舎があるわけです。大手の土俵でこれまでの人たちが決めたルールで戦っても、俺たちは絶対に勝てない。自分たちで勝ち取ったものだけが新しいルールになって、常識になっていくわけで、その常識もまた、自分たちで壊していかないとだめなんです。

**松浦** エイベックスもできたばかりの頃は「うちはダンスミュージックのレコード会社です」と限定することで、特徴を出しました。最初からいろんなジャンルに手を広げても勝てないと思って。

**見城** そういうところは松浦もやっぱり、ゲームチェンジャーなんだよ。

**松浦** あと日本でダンスコンピレーションアルバムを作ろうとすると、曲によって権利を各レコード会社がそれぞれ持っているので、不可能なんです。でも、あるとき原盤を持っているイタリアでまとめて作れば可能だってことを発見して、海外で作って輸入しちゃうってことをやったり。ほかにもCDにDVDを付けたりっていうのもうちの会社が最初であって、そういうことは確かに、当時のレコード業界的にはなかったことだったと思います。逆に今はそれまでなかったことが常識になってしまったので、またぶっ壊していかないといけないんですけど……。ところで見城さん、「PPAP」って知ってます？

**見城** 知ってますよ！「ペンパイナッポーアッポーペン」のピコ太郎でしょ。「ビルボード全米トップ100」で77位になったっていう。

**松浦** あれ、うちなんです。

**見城** え？ エイベックスなの？

**松浦** もう大ヒットですよ！

**見城** 知らなかった！ ジャスティン・ビーバーがツイッターでお気に入りってつぶやいたとか。

**松浦** そうです。まだ盤が出てなくて配信だけですけど、関連動画の再生回数が2カ月で約4億回ですよ。

**見城** それはすごいね。ピコ太郎はいつからエイベックスに所属していたの？

松浦　ピコ太郎は〝古坂大魔王がプロデュースする千葉県出身のシンガーソングライター〟なんです（笑）。ちなみに、古坂大魔王は10年前くらいからうちにいて、お笑いや歌、司会業とかもやってもらったりしてたんです。

見城　意図的にプロデュースした人がいるんでしょ？

松浦　いやいや。数年前から自主公演とかでやっていたネタを、本人がお金がないところで白バックで一生懸命オモシロ動画として撮って、それがネットを通じて広がったってパターンです。

見城　そこは松浦の持ってる不思議な力でもあって、『アナと雪の女王』のサントラも『妖怪ウォッチ』や『おそ松さん』も、実はエイベックスなんだよな。

松浦　今はピコ太郎です（笑）。今週はウガンダで1位になったらしくて、毎日、CMの依頼とかで世界中から何十本も電話がかかってくるんですよ。今までは海外に頼んだことはあっても、頼まれたことはなかったから、新鮮です。

見城　じゃあ、今エイベックスは沸いてるわけね。

松浦　久しぶりに沸いてますね（笑）。

見城　そういう意味で、古坂大魔王もゲームチェンジャーになるのかもしれないし、松浦のように一度新しい常識をつくって勝った人のところには、その伝説を目がけてゲームチェンジャーが向こうから集まってくるものなんだよ。

**松浦** ちなみに、ピコ太郎の盤を出す予定はなかったんですが、さすがにこんなことになってしまったので、10月7日に世界134カ国で同時配信を開始しました。

**見城** おめでとう！　最終的にピコ太郎はどれくらいの利益になると見込んでるの？

**松浦** それが僕も初めてのことなので、想像がつかないんですよ。

**見城** 一昨年なんて「今、青山で建て替えているビルができても、入れないかもしれない」って言ってたくせに（笑）。松浦って実はものすごく心配性なんだよ。常に最高をイメージしてる一方で、最悪も想定している。でも、そういう経営者が一番強いんです。

**松浦** 来期の決算の心配をしなくていいとか、お金がなくなることがあり得ない成長産業が羨ましいです。

**見城** 今だとネットや動画、AIとVR、あとバイオテクノロジーは陰りがないよね。俺たちみたいに〝作って売る〟ビジネスは限界がある。ネットは売るとかじゃなくて、あくまでサービスだから、可能性は無限だもんね。

松浦　よく「ＡＩの時代になったら、なくなる職業」とか聞きますけど、例えば税理士とかもいずれはＡＩができるようになるらしいです。あと日本って観点でいうと、この国は内需でまかなえてここまで来てしまったので、グローバル化に強くない。国内の大手自動車会社だって、そのうちグーグルとかが車を造り始めたら、どうなるかわからない。アメリカのシリコンバレーが世界征服をする時代も遠くないというか、レコード会社も今まで敵じゃなかったところが敵になってきたりするのかなという危機感があります。アマゾンなんかも突然出てきて、ネットで何でも買えるような今の状況は想像できてはいたけど、つまり、想像できることはほとんどのことがいずれ現実になるってことを肝に銘じておかないと、えらいことになる気がしますね。

見城　Ｕｂｅｒとかも日本に攻め込んでこられたら、タクシー会社はもう終わりですよ。

松浦　業界は反対していますけど、どうしてもビジネスモデルを変える必要がある産業は出てきてしまうと思います。

見城　グーグルとかアマゾンとかＵｂｅｒは、まさしく現代のゲームチェンジャーですよ。

松浦　最近のアマゾンの商品が届くスピードなんて、本当に速くて、画期的ですもんね。

## お金は使わなければ、ただの紙切れ

見城　一方で、成功して入ってきたお金の使い方を知らない経営者っていうのもいて、がっかりすることがあるよ。お金は貨幣のままではただの紙切れであって、何かに換えてこそ価値があるってことをわかってない。

松浦　いっぱいお金があるのに食事をケチるとか、会計のときに払おうとしない経営者とか、確かにいますね。

見城　ワインとかには全然お金を使いたがらないのに、企業の買収にはバンバンお金を使うんだよ。何百億の経常利益がある経営者が、4万円と5万円のワインで、果たして悩む必要があるのかなって思うよ！

松浦　おっしゃるとおりです。

見城　結論としては、ゲームチェンジャーにはお金をどう有効に使うかってセンスも求められるってことで！

見

大手のルールで闘っても勝てない。
自分たちで勝ち取ったものだけが
新しいルールになる。

松

今までなかったことを
やってもそれが
常識になってしまったら、
またぶっ壊していかないと。

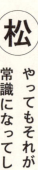

# 初恋はどんなものでしたか？

the Matsu-Ken talkshow
No.21

松浦　そういえば、直木賞（恩田陸『蜂蜜と遠雷』）受賞、おめでとうございます。やっぱり、うれしいものですか？

見城　売り上げが上がるし、もちろんうれしいよ。

松浦　幻冬舎としては何作目の直木賞になるんですか？

見城　角川書店時代にはたくさん頂きましたけど、幻冬舎になってからは3回目。うちみたいな若い出版社ではなかなかもらえない賞なので。

松浦　そういうものなんですね。ところで「今回は賞が取れそうだ」という予感みたいなものってあるんですか？

見城　恩田陸の『蜂蜜と遠雷』に関しては、誰が読んでもあまりに素晴らしい作品なので、取れると思ってたよ。

松浦　読んでみます。

## リゾートに行くときはセックスの合う女が一緒に限る

見城　ちなみに今日はハワイの話をしたいんだよ！

松浦　いいですよ。

見城　例えば軽井沢って、日本のリゾートの王者だと思うんだよ。新幹線に乗れば1時間10分で着くし、第一にアクセスがいい。そのうえ、美しい光と風と空があって、街としてもうまい店がたくさんあって、ショッピング天国であり、ゴルフ天国でもある。同じようにハワイも、行きは6時間で到着するし、アクセスがいいし、美しい自然と都市が同居してて、うまい店がやっぱりたくさんあって、ショッピングをするにもゴルフをするにも最高でしょ。しかも日本語が通じる。日本人にとって世界のリゾートの王者はハワイ以外にないよ。

松浦　見城さんは年末年始もハワイでしたよね。何日くらいいたんですか？

見城　1週間だね。

松浦　僕も今回はハワイに2週間いました。

見城　退屈しない？

松浦　なんだかんだ過ぎていくというか、終わってみると短かったなって感じです。

見城　何してたの？

松浦　基本的に何もしないで、太陽の動きでだいたいの時刻を確認したりしながら、ぼけっとしてますね。眠ってる時間も多くて、たまにジェットスキーをやったりするくらい。

**見城** 松浦のハワイの家は、庭からジェットスキーに乗って、そのまま海に出られるようになってるからね。今回もシェフを連れていったの？

**松浦** そうですね。

**見城** ワイキキに飯を食べにいくのが面倒くさいんでしょ（笑）？

**松浦** いや。夜は3回くらい、外食もしましたよ。

**見城** どこで食ったの？

**松浦** ステーキ屋。

**見城** 「ウルフギャング」じゃないよね？　「BLT」でもないだろうし、「ハイズ」？

**松浦** 「ルースズ・クリス」ですね。

**見城** ダウンタウンのほうの店で食った？

**松浦** はい。

**見城** ダウンタウンのルースズ・クリスはうまいよな！　ステーキもいいけど、ガンボスープも絶品。店内も昔のニューヨークにあったような雰囲気があって。

松浦　わかります。10年くらい前に行ってうまいなと思って、たまに行きたくなりますね。

見城　あとの2回はどこに行ったの？

松浦　韓国料理の「ユッチャン」で冷麺を食べて、あとは鮨屋の「ささぶね」ですね。

見城　鮨だとほかに「おのでら」と、去年オープンしたリッツ・カールトンの「すし匠」は、江戸前の握りが食べられて、おいしいよ。

松浦　行ってみます。

見城　ところで、今回のハワイはファーストクラスで行ったんだよ。通常、JALもANAもハワイ便はビジネスクラスまでしかないんだけど、年末年始の約1週間だけ、JALが特別にファーストクラスのある新しい機体をハワイ便に適用したんだよ。ただ、一人175万円。

松浦　それは高いですね。

見城　JALにはお世話になってるし、「ビジネスをお取りいただいていますが、特別にファーストクラスがある機体を飛ばしますので、そちらにいかがでしょうか」とわざわざ電話までもらったら、断れないよ！　ただ、俺はいつも機内では何も食べないのと、離陸してシートベルトサインが消えたら、フルフラットにして「起こさないでね」って言って寝ちゃうから、起きたらもうホノルルです（笑）。

**松浦** ファーストクラスに乗る意味がなくないですか（笑）。

**見城** ちなみにハワイでもどこでも、リゾートに行くときはものすごくセックスの合う女が一緒に限る。もうそんな女はいないけど（笑）。

**松浦** いやいや（笑）。

**見城** そういう意味では、付き合ってからかなり時間がたって、倦怠期に入っている彼女と行くリゾートはつらいね。晩飯を終えて夜、ホテルに帰るのがいやになるというか、「今晩もそういうムードになったら面倒だな」って思う。でも、松浦の場合は誰とでもできちゃうだろ（笑）？

**松浦** 誰とでもできないですよ！

**見城** ちなみに俺は昔から、付き合ったばかりの彼女であっても最初の3回くらいまで、勃たないんだよ。緊張してだめなの。よっぽど慣れてきて自分を預けられないと。

**松浦** 僕はそれはないかな（笑）。1回目でできた人はいないんですか？

**見城** 初恋の人だけだね。1学年下の子だったけど、中学の頃から「きれいだな」と思っていて、マドンナ的な存在で、向こうが同じ高校に入ってきてますます好きになって、慶應大学に受かって静岡の高校を卒業するときに「このまま会わなくなってしまったら後悔する」と思って、ラブレターを書いたんだよ。そうしたら返事が来て「私もずっとあなたを素敵だと思っていました」って。それで卒業式の日に校門の前で待ち合わせして、裏がすぐ海なんだけど、海岸を三保の松原と富士山の方向に向かって歩いた。人生であのとき以上の絶頂感は後にも先にもないね。

**松浦** 初めてのデート。

## 男は他人の彼女や奥さんの容姿やレベルが気になる生き物

**見城** 松浦はどんな初恋だったの？

**松浦** どのレベルの恋愛ですか？

**見城** 初めて人にドキドキしたのは？

**松浦** 幼稚園ですね。

**見城** そういうんじゃなくて（笑）。

**松浦** 最初に付き合ったのは中2のときの同級生ですね。

**見城** 何が良かったの？

**松浦** なんか向こうが好きそうだったから。見るとあっちも自分を見てる、みたいなことがきっかけです。

**見城** それは脈があるパターンだね。最初のデートは？

**松浦** 自分はバスケ部で彼女はテニス部だったんですけど、部活が終わった後に向こうを家まで送っていくのがデートみたいな感じでした。

**見城** 騒がれなかった？

**松浦** 他にも付き合ってる人たちはいたんで。

**見城** 俺とは時代が違うよな……。じゃあ、中学を卒業する段階ではキスまでは終えてたんだ。

**松浦** そういうことになりますね。

**見城** ところで最初にセックスするとき、どういうことをするのかって、わかってた？

**松浦** たぶんわかってたと思います。

見城　俺は男と女がセックスするって概念がなくて、一緒に暮らしていると子どもができると思ってた（笑）。だから初めてのとき、彼女にリードされてそういうことになって、「男と女ってこういうことをするんだ」って、びっくりしたよ！

松浦　ははは。

見城　その初恋の彼女とは、向こうもその後東京の大学に受かって、結局4年くらい付き合ったんだけど、俺が他の人を好きになっちゃって。当時は純情だったから騙しちゃいけないと思って、いつも待ち合わせをしていた新宿のパーラーで「実は好きな人ができたから、別れたい」って切り出したんだよ。そうしたら、向こうがいきなり大きな声で泣き出して、従業員も客もみんな見てて。

松浦　どう対処したんですか？

見城　それが、俺はひどい男だと思うんだけど、「きみ、泣かないで」って言ってもぜんぜん泣きやまないから、「俺、帰るから」って店を出て、それっきり。

松浦　えー（笑）！

見城　だから、俺の中ではずっと、彼女にはひどいことをしたっていうのがある。でも、同時にあんな初恋はないなって思うくらい輝いていた日々でもあるんだよ。

**松浦** 僕としては今日の話を聞いて、見城さんのそもそもの女性のタイプが〝みんなのマドンナ〟的な存在の人なんだってこともわかりました。

**見城** 俺は自分の容姿に自信がなかったし、世界一モテないと思ってたので、みんなが憧れている女性をモノにすることで、劣等感を埋めていたところがあるんだよ。ちなみに一つ言えるのは、男は他人の彼女や奥さんの容姿やレベルが気になる生き物だってこと。かっこ悪いから聞けないけど、「どいつの女と比較しても俺の女は負けない」って思いたいところがあるよな？

**松浦** それは確かにありますね。

**見城** でも、さすがに60代半ばになった今は、見た目以上に同じ価値観を持ってお互いに支え合える、精神的な恋人を求めてます（笑）。

見

男は「他人のどの女と比較しても、
俺の女は負けない」って
思いたい生き物なんです。

松

見城さんの女性のタイプは
〝みんなのマドンナ〟的な存在の
人だってことがわかりました。

# 何をしていると
# ハッピーに
# なりますか?

the Matsu-Ken talkshow
No.22

**見城** 今日は「ハッピー・ホリック」について話してほしいんだって。〝幸せな気分になれるから、つい中毒になってしまうこと〟っていうような意味で、編集部が作った造語らしい。

**松浦** 僕はまったく逆で「アンハッピー・ホリック」なんで（苦笑）。

## 苦しいことをやり終えると、幸福な気分になる

**見城** 確かに松浦はそうだね。でも俺だって同じだよ。ハッピーなんてあり得なくて、憂鬱でなければ仕事じゃない。スムーズにいった仕事なんて、たいした結果を生まないよ。

**松浦** ちょっとでも幸せを感じられることがあるといいんですが……。

**見城** 俺はトレーニングが終わった瞬間に、幸せを感じるかな。実はジムに5カ所も入ってるんだよ！

**松浦** ただ、結局行くジムって、決まってきませんか？

**見城** そういう部分もあるけど、気分を変えるために使い分けてる。家から近いジム、

新宿や銀座で仕事が終わったときに行くジム、トレーニングせずにサウナだけのときはよりコンパクトなジム……みたいに。でも、本当はすごく憂鬱なんだよ。

**見城** なんで行くんですか（苦笑）？

**松浦** やり終えた後に、それこそ幸福な気分になるんだよ！ まず仕事の合間を縫って、行くジムと鍛える筋肉を決める。到着したらインストラクターをつかまえて「今日は胸筋と上腕三頭筋を鍛えるから、アシストしてください」と伝えて、バーベルを使って筋トレに入る。終わったらさらに40分ランニングマシンで走って、もっといじめたいと思ったら腹筋をやったり、パワープレートに乗ったり……。それで最後サウナに入って、水風呂につかった瞬間が、何よりも幸せだね。

**見城** 僕はそういうM的なことはまったく……（笑）。

**松浦** 松浦は太らないからいいよね。

**見城** 太りますよ。

**松浦** 運動には幸せを感じないんだ。

**見城** 器具は家にあるんですけど、あまり使ったことがないです。

**松浦** 松浦のちょっとでも幸せになれることって、本当に何もないの？

松浦　欲しいものができたときですかね。本当に欲しいものがないんです。できたとしてもすぐに買っちゃって、それで終わり。家も買いましたけど、地下にクラブが付いている大きなのを建ててしまったので、家族は「広すぎて怖い」って言うし、電気代もけっこうかかるので、手放しちゃいました。その教訓もあって、今は広い家が好きじゃないですね。

見城　何かほかにないの？

松浦　予想以上に業績がよかったときとか……。最近だと、うちが共同で原作を持っている『ユーリ!!! on ICE』というアニメがあって、これがかなり当たってるみたいで。あとは、やったことがないことをやるときが嬉しいですね。今も南青山に新社屋のビルを建ててますが、内装をやるって段階になって、経験がないので、途端にすごく面白いです。

見城　今でも覚えているのは、建て替える前のビルを出ていくときに松浦が「出来上がるまで会社が続いているかどうか、わからない」って言ったんだよ。本当に「アンハッピー・ホリック」な男ですよ！

松浦　幻冬舎みたいな出版社も、うちも、映画会社なんかもそうですけど、やってみないと当たるか、わからないじゃないですか。

**見城** 例えばユニクロなんかは、5店舗出せば営業利益がどれだけ見込めるか、だいたいわかる。でも、俺たちはそういう業態じゃない。何がヒットして、何が討ち死にするか。業績が読めないわけだから、きついよな。

**松浦** そうなんですよね。

**見城** ところで俺は絵が好きだから、欲しいと思った作品が手に入った瞬間はたまらないし、ゾクゾクするよ。家のどこに掛けるかとか、季節によって掛ける絵を変えたり、この絵を観るときはあのワインを開けようとか……考えるだけで幸せになる。

**松浦** いつもどこで買うんですか？

**見城** オークションもあれば、個展や画廊に行って買うこともある。

**松浦** 最近、何か買いましたか？

**見城** 加山雄三さんの絵が好きで、14枚くらい持ってるんだけど、この間、髙島屋で彼の個展があったときに、15枚目を買いました。ぱっと見て一瞬で目が釘付けになる絵があって。絵だけは迷わないで、気に入ったら即買うね。加山さんとは1年に1回、一緒にご飯も食べるんです。向こうが料理を作ってくれたりもするんだけど、中華とかフレンチとか、コースで出てきて、ばかみたいに美味いんだよ！　あの人は天才だよ。画家であり、料理研究家であり、作曲家であり、歌手であり、俳優であり、ギター奏者。ピアニストであり、建築家であり、国体スキー選手であり、ヨットマンでもある。レオナルド・ダ・ヴィンチみたいな人で、俺の神様ですね。

**松浦**　見城さんにとっての加山さんみたいな人、僕にはいないなぁ。

**見城**　ほかにも草間彌生さんや会田誠さんとか、コンテンポラリーアートも好きで持ってますけど、今一番欲しいのは、ラウル・デュフィの『ニースの窓辺』って絵だね。相当無理しないと買えないけど、だから、がんばって働こうと思う。

**松浦**　僕の場合、問題をひっくり返してプラスに変えることも「ハッピー・ホリック」だったりしますね。

**見城**　それを松浦が連打してきたから、今のエイベックスがあるわけだよ！　最近HIROのエッセイ『Bボーイサラリーマン』を読み返したんだけど、貸しレコード屋時代の若き松浦はすごかったって。HIROが店頭でイントロを口ずさんだだけで、松浦がすぐ「これとこれ」ってレコードを出してきて、しかも「タダでいいよ」って。

**松浦** 貸しレコード屋って、タダで貸しても痛くも痒くもないんですよ。あげるわけじゃなくて戻ってくるし、1日そのレコードがないだけですから。

**見城** レコードを説明する手書きのポップも最初に書き出したのは松浦で、そんなポップ、レコード屋にも本屋にもなかったって。

**松浦** 最初かどうかわかりませんけど、確かになかったですね。レコード屋はメーカーから送られてくる立派なディスプレイのセットとかがあるんだけど、貸しレコード屋には送ってこないから、自分で作るしかなかっただけなんですけど。

**見城** ポップを書いてるときは幸せだったでしょ？

**松浦** それよりもレコードを聴いて「すげえいい！」と思ったときの高揚感は半端じゃなかったですね。レコードって溝の深さでどこにどのくらいの長さの音が入ってるかが、わかるんです。だから溝を見て、まずイントロのところに針を落として聴く。そうすると4小節か8小節かわかるんで、さらに歌い出しを聴いて、Bメロを聴いて、サビを聴いて……って斜め聴きしていくんですけど。

**見城** 自分で編み出したの？

**松浦** 世界中から一枚ずつ取り寄せた全部のレコードをゼロから聴いていたらきりがないので、自然と身に付きました。ＤＪでも、買ってきたものしか手元にないから、そんなに聴かないと思います。

**見城** 俺だって、気になる本を全部読んでたら、時間がいくらあってもきりがない。だから、最初と真ん中と最後を読んで「いける！」と思った本しか読まない。はじめて松本清張さんに会いに行ったときも、１５０くらい作品があって「いったいどうやって全作読めばいいんだ」って思ったよ！ どの作品の話が出ても感想を言いたいと思って重要な作品は読んでいったけど、結局、半分は斜め読みをするしかなかった。それにしても、斜め聴きっていうのがあるとは思わなかったね。

**松浦** ただ、ＣＤだとできないんですよ。早送りはできるけど、どこに音が入っているか、レコードみたく目で見えないから。

**見城** レコードプレイヤーはまだ持ってるわけ？

**松浦** 持ってないですね。レコードはアーティストが送ってくれることもあって、会社に飾ってたりしますが。

## 人生をハッピーにするのは、良き仲間

見城　ちなみに、やたらと猫なで声でプレゼント持って、近付いて来る人っているでしょ。心がこもってないお世辞ばかり言う人。

松浦　誰ですか（笑）？

見城　何が言いたいかというと「ハッピー・ホリック」という意味では、そういう人の悪口は本当に面白いよ。できることなら、悪口を言わず、秘密をばらさず、誇張せず、自慢せず、嘘を言わず、下ネタを言わないで盛り上げたいけど、これを封印すると話が面白くならない！　しかも俺は編集者だから、会った人にはたとえ短い時間であっても「見城さんと会って本当に刺激的だったし、いろんなことを発見できた」と思って帰ってほしい。だから人の秘密じゃなく、面白くしようと思うといつも自分の秘密をばらすことになるんだけど、「なんで俺はいつも自分を切り売りしてるんだろう」ってやんなるよ（苦笑）。

松浦　ははははは。

**見城**　そうやって笑い飛ばしてくれる仲間とのこういう時間だって「ハッピー・ホリック」だよね。俺は松浦とかに会わなかったら、本当につまらない人生だったと思うよ。

**松浦**　いやいや。

**見城**　人生をハッピーにするのは、間違いなく良き仲間です。

見

絵が好きだから、欲しいと思った作品が
手に入った瞬間はたまらないし、
ゾクゾクするよ。

松

昔、レコードを聴いて
「すげえいい！」と思ったときの
高揚感は半端じゃなかったですね。

ギャンブルは
やりますか？
店で他人に
注意しますか？

the Matsu-Ken talkshow
No.23

見城　今日は渡したい本があるんだよ。大王製紙前会長・井川意高《いかわもとたか》の『熔ける』っていううちの文庫なんだけど、なかなか面白いから、読んでみて。

松浦　ギャンブルのために大王製紙の子会社から、ものすごい額を借り入れてた人ですよね。

見城　そうそう。106億もの金を、まさに熔かしちゃった人。

## ギャンブルには、その人がしびれる金額がある

松浦　見城さんはギャンブルにハマってた時期はあるんですか？

見城　人生と仕事がギャンブルみたいなものだから、株も興味ないし、やるとしてもマージャンくらいだね。昔は競馬をやっていて、血統まで調べたりとかしましたけど、途中から面白くなくなってやめました。

松浦　僕の場合、ギャンブルが好きな人たちとカジノに行くと、やらざるを得ない……（苦笑）。

見城　何をやるの？　バカラ？

松浦　そうですね。

見城　思い出したけど、30年以上前にエーゲ海を1週間くらいクルーズしたことがあって、船にカジノがあったんだけど、そのときだけは毎日ルーレットをやって、かなり勝ちましたよ。

松浦　バカラはそれこそ、あっという間に熔ける（苦笑）。増えるのも速ければ、減るのも速い。

見城　友人でギャンブルが大好きな社長がいるんだけど、例えばその人とハワイで会うことになっていたとして、向こうが賭場のホテルのプライベートジェットで入ってくると負けたってことで、普通の飛行機で入ってくると勝ったってことなんだよ。つまり、儲かるも失うも数億単位になると、賭場として後から集金できる金額を考えれば、プライベートジェットにかかるお金なんてどうってことない。その人の家にはロマネ・コンティもたくさんあるよ。

松浦　負けるとロマネ・コンティもお土産でもらえるってことですね。

見城　そういうこと。

松浦　いずれにしても、ギャンブルにはその人がしびれる金額っていうのがあるんですよね。例えば「1万円も賭ければ十分じゃないですか」って言われたところで、1千万とかじゃないと、しびれない人もいるわけで。

**見城** 俺はちょっとの金額でしびれちゃうから、やっぱりギャンブルは向いてないよ(笑)。

**松浦** 本当に好きな人は三日三晩、一睡もしないで、寝ながらでもやってますからね。

**見城** ところで、一回の賭け金の上限は今どこのカジノがいちばん高いの?

**松浦** シンガポールがいちばん高いって聞いたことがあります。ラスベガスはもうちょっと安いみたいですね。

**見城** あとギャンブルのとき、ラッキーナンバーに張って、ゲンをかついだりする?

**松浦** ないですね。

**見城** 俺は「3」が昔から自分に付いている数字っていう感覚があって、エーゲ海のクルーズのときもなるべく「36」とか「23」とかに張って、当たったらディーラーにチップを弾んだりしてました。向こうとしてもボールを落とそうとしてる数字があるから、「よろしくね」って意味で。

**松浦** そこも駆け引きですよね。

**見城** あと12月29日生まれだから、会員番号とか暗証番号とかに「9」を付けるようにしてる。

**松浦** 見破られますよ!

**見城** 松浦は数字以外だと、なにか決まり事にしてることはないの?

**松浦** ゲンかつぎの話じゃないですけど、店では上座に座らないようにしてます。顔が見えない下座がいいから。

**見城** それでいうとカップルで、男が壁際とか上座に座ってるのを見ると、腹が立たない?

**松浦** わかります。

**見城** レストランで帽子を取らないやつも頭にくる。俺はそれで数々の事件を起こしてますから(笑)。

**松浦** はははは(笑)。

**見城** 前にも鮨屋で帽子をかぶったままの男がいて、しかも背が高いから座高もあって「男は帽子を取るんだよ」って言ったら、そのときは脱いでもらえたけど、注意した相手から「表に出ろ」と言われてモメるときもありますよ。

**松浦**　「表に出ろ」って、ありそうでなかなかないですよ。

## 女にえらそうにする男が嫌い

**見城**　『GA』っていう国際的な建築雑誌があって、各国版があるんだけど、その雑誌を創刊した二川幸夫さんって人とやり合いそうになったことがありました。社主であり編集長であり建築写真家でもあったんだけど。

**松浦**　どういうシチュエーションでですか？

**見城**　神宮前にあった「バー・ラジオ」で飲んでいたら、隣にいる男性が連れの女性に「このワインはあーだこーだ」と講釈を垂れ始めたんだよ。「うるさいんですよ」って言ったら、「表に出ろ」と（笑）。それが二川さんです。

**松浦**　どうなったんですか？

**見城**　「俺は早稲田のラグビー部の出身だからな」と言ってきたので、「俺だって慶應のラグビー部だよ」って言い返した。嘘だけど（笑）。それで覚悟して表に出たら「お前、気に入った！　これから家に行こう」と言われて、今は社屋になってるけど、当時は二川さんの住居だった千駄ヶ谷のビルに連れていかれてさ。

**松浦** すごい展開ですね。

**見城** そうしたら「お前はうるさいっていうけど、俺はワインに詳しいんだ!」と言われて、ものすごいワインセラーを見せられた。しかも「ワインだけじゃなくて、絵のコレクションも見せてやる」と言われて、今度はピカソとかマティスとかモディリアーニとかを見せられて「この絵にはこのワインなんだ。どのワインを開けるのかは、チーズじゃなくて絵で決めるものなんだ!」ってね。それをきっかけに親しくなりました。

**松浦** でも、それってレアケースなんじゃないですか?

**見城** 大概は殴り合う(笑)。でも、二川さんは2013年に80歳で他界されましたけど、ものすごく素敵な人だった。ヨーロッパなんかに行くと必ず自分でポルシェを運転して建築物を撮影して回って、世界の建築界のドンでもあったから、安藤忠雄さんも磯崎新さんも丹下健三さんも、彼には敬意を表していた。『GA』に自分の建築が載らない限り、一流とは認められないんです。

**松浦** 相当な方だったんですね。

見城　いずれにしても、俺は女にえらそうにしてる男が嫌いだってこと。松浦は店とかで注意とかしないの？

松浦　しないですよ。だって、人の女のことじゃないですか（笑）。例えば男に「あんた、関係ないでしょ？」って言われたら、確かに関係ないなって思いますし……。

見城　もう一つ、鮨屋で香水の強い女とかも頭にくる。もうつけてきちゃってるから、注意したところで仕方がないけど、マナーがわかってないよ！

松浦　見城さんはどんな場でも正義感がありますね。

見城　そうではなくて、狭量なんです（笑）。

松浦　僕が店で喧嘩するときは、たぶん仕事とかがうまくいってなくて、だから酔っぱらって、誰かに八つ当たりするとかいうケースですかね。

見城　松浦のそういうシーンは何度も見てるよ（笑）。ちなみに「バー・ラジオ」ではこんなこともあった。女連れの編集者らしき男が「この間、見城さんと仕事をして、あの人やっぱりすごいよね」みたいなことを言ってるんだけど、ぜんぜん知らない人でさ。でも、そのときは注意するのはやめました。だって、女に格好をつける材料に名前を使ってもらってるわけだから、まあ、いいかと（笑）。

松浦　焼き鳥屋で隣の4人くらいが「どこの事務所があーだこーだ」とずっと業界話をしていたことがあって、そのときはさすがに帰りがけに「あまりそういう話はしないほうがいいよ」って言いましたね。

見城　レストランでいうと、ある人に初めて連れていかれて、その数日後にまた別の人と偶然行くことになっていた店があって、最初に行ったときに料理が全然だめだったから、二度目に行く前の日に電話して「料理は引き算なんだよ。自信がないやつに限って、足し算をするものなんだよ」と細かくディレクションしたら、良くなったよ。

松浦　ディレクションする人がいないと、おいしくならないですよね。

見城　ところで今、松浦が一番旨い店は、どこだと思う？

松浦　見城さんに連れていってもらってから予約を欠かさないようにしているのは「鮨あらい」の個室カウンターですかね。旨いし、日曜にやっているのもいいんですよ。

見城　静岡にある「てんぷら 成生《なるせ》」は、予約がまったく取れないけど旨い。駿河湾と浜名湖で獲れた魚と、静岡の野菜を使っていて、あらためて「素材の味を閉じ込めるのが天ぷらの醍醐味だ」と思えたよ。ただ、地方に行くときに新幹線とかに乗っていて「あれ、見城さんじゃない？」ってヒソヒソとささやかれるのはイヤだったりする。

**松浦** そうですね。

**見城** でも、プラハに行ったとき、日本人旅行者に会うたびに「見城さんですよね？」って面と向かって声をかけられたのは、うれしかった。俺、プラハ大好き（笑）。

**松浦** ハワイじゃなかったんだ（笑）！

見

俺はちょっとの金額でしびれちゃうから、
やっぱりギャンブルは
向いてないよ（笑）。

松

ギャンブルには
その人がしびれる金額がある。
1千万とかじゃないと、しびれない人もいます。

# あとがき

見城徹

松浦勝人という男は、ものすごくシャイで、酒でも飲んでいないとほとんど話さない。

そんな松浦と真昼間にスタジオで対談し、彼に口を割らせる苦労を考えると、松浦が気を許せる数少ない相手である僕にしか、この仕事はできなかっただろうと自負している。

だからこそ、ファッション誌『ヌメロ』から対談の話が来たときは迷うことなく引き受けた。

僕は松浦の心情溢れるシャイネスが大好きなので、強制的な場所を作ってしっかり向き合ってみようと思い立ったのだ。

毎回、ヌメロが用意してくれる、おむすびや寿司、鶏の唐揚げ。オレンジやイチゴを始めとする季節のフルーツ。机の上に所狭しと並べられる数種類のソフトドリンク。それらを口に頬張りながら、会社の会議室や社長室とは違う、また、会食や酒の席とも違う、松浦との友情に包まれた奇妙な空間に身を委ねた。

実際、僕の人生は松浦にたくさん助けられていて、僕も松浦には相当役立っているつもりなのだけれど、改めて一つのテーマで話してみると、松浦の虚無と繊細さと、偽りのなさが、ひしひしと伝わってきて、毎月のしゃべり合いを心から楽しんだ。

話が終わった後、それぞれの写真撮影と二人一緒の写真撮影をするのだが、二人で撮られるときの松浦と僕との空気感が二人の無言の信頼を証しているようで、毎月送られてくる写真には、じっと目を凝らした。

こうして一冊の本になるためのゲラを読んでいると、そのときに自分が抱えていた困難や悩みが浮かび上がってきて、軽口を叩いているように見えても、僕の人生がしっかりと滲んでいる。

僕が辛いときには、常に松浦が存在していて、松浦が辛いときには、いつも僕が傍らにいたと思う。

ハイセンスなファッション誌の巻末対談としては、それにふさわしい話題を話したつもりだけれど、実はローテクな人間臭い心情を吐露しているのが自分でもよくわかる。

『危険な二人』というタイトルは編集者の箕輪がつけたものだが、二人がスパークし合うとき、たしかに様々な事件は起こり、数々のプロジェクトは始まった。ビジネスでも私生活でも、松浦は僕にとってこの20年間欠かせない存在だったと、しみじみ思う。


この世界の規範に入りづらい二人は、これからどこへ行こうとするのか？

向かう道はそれぞれ違っても、

「友よ！　死が二人を分かつまで」

最後に、『ヌメロ・トウキョウ』編集長の田中杏子、面倒な雑用をすべて引き受けてくれた編集部の高倉由紀乃、とりとめのない話をうまくまとめてくれたエディターの岡田有加、チャーミングな写真に仕上げてくれたカメラマンのkisimariに心を込めて感謝を。

Photos:kisimari(W)
Styling:Sachi Miyauchi for Self(Masato Matsuura)
Hair & Makeup:Junko Kobayashi(AVGVST/Masato Matsuura)
Edit & Text:Yuka Okada

この作品は『Numero TOKYO』２０１５年３月号〜２０１７年５月号に連載された「松見会議」をまとめた文庫オリジナルです。

ＪＡＳＲＡＣ 出１７０２７９５-７０１

## 幻冬舎文庫

●最新刊
**誓約**
薬丸　岳

家族と穏やかな日々を過ごしていた男に、一通の手紙が届く。「あの男たちは刑務所から出ています」。便箋には、ただそれだけが書かれていた。送り主は誰なのか、その目的とは。長編ミステリー。

●最新刊
**総理**
山口敬之

決断はどう下されるのか？　安倍、麻生、菅……それぞれの肉声から浮き彫りにされる政治という修羅場。政権中枢を誰よりも取材してきたジャーナリストが描く官邸も騒然の内幕ノンフィクション。

●最新刊
**花のベッドでひるねして**
よしもとばなな

捨て子の幹は、血の繋がらない家族に愛されて育った。祖父が残したB&Bで働きながら幸せに過ごしていたが、不穏な出来事が次々と出来し……。神聖な村で起きた小さな奇跡を描く傑作長編。

●最新刊
**置かれた場所で咲きなさい**
渡辺和子

置かれたところこそが、今のあなたの居場所。自らが咲く努力を忘れてはなりません。どうしても咲けないときは根を下へ下へと伸ばしましょう。心迷うすべての人へ向けた、国民的ベストセラー。

●最新刊
**面倒だから、しよう**
渡辺和子

小さなことこそ、心をこめて、ていねいに。この世に雑用はない。用を雑にしたときに、雑用は生まれる。〝置かれた場所で咲く〟ために、実践できる心のあり方、考え方。ベストセラー第2弾。

危険《きけん》な二人《ふたり》

見城徹《けんじょうとおる》　松浦勝人《まつうらまさと》

平成29年4月15日　初版発行

発行人――石原正康
編集人――袖山満一子
発行所――株式会社幻冬舎
〒151-0051東京都渋谷区千駄ヶ谷4-9-7
電話　03(5411)6222(営業)
　　　03(5411)6211(編集)
　　振替00120-8-767643
印刷・製本―中央精版印刷株式会社
装丁者――高橋雅之



幻冬舎文庫

ISBN978-4-344-42591-0　C0195　け-5-2